El capitán Miguel

y el misterio de la daga milanesa

1.ª edición: mayo de 2015

Juan Ignacio Luca de Tena, 15. 28027 Madrid
www.anayainfantilyjuvenil.com
e-mail: anayainfantilyjuvenil@anaya.es

ISBN: 978-84-678-7144-9
Depósito legal: M-6112-2015
Impreso en España - Printed in Spain

Las normas ortográficas seguidas son las establecidas por la Real Academia Española en la *Ortografía de la lengua española*, publicada en el año 2010.

Martín Casariego Córdoba

El capitán Miguel

y el misterio de la daga milanesa

ANAYA

Para Miguel y Juan,
a los que daban miedo la lepra,
los caníbales y los lobos que hablaban,
y para Mayte, que me los dio.

Primera noche

1
Miguel

Miguel estaba tumbado, para que no se le viera. Le vigilaba, con la nariz entre los barrotes del balcón.

Avanzaba por la calle, atento, mirando a derecha e izquierda. Iba vestido y andaba sobre dos patas, pero lo hacía de una forma especial, ágil y en tensión, como dispuesto a saltar en cualquier momento. Llevaba una elegante gabardina, seguramente para disimular la cola, un sombrero y unas gafas oscuras, para ocultar el rostro. Ya estaba llegando a su portal...

Miguel contuvo la respiración.

Pasó de largo.

Miguel respiró, aliviado.

Pero, repentinamente, volvió sobre sus pasos, se detuvo ante el portal y miró hacia arriba.

Miguel se echó hacia atrás y, con el corazón latiéndole violentamente, cerró la ventana y la contraventana. Fue después a la entrada. Pegó el oído a la puerta, tras echar el cerrojo.

Nada.

De pronto, sonó el ascensor. La puerta que se abría y unos pasos que se acercaban. No se atrevió a espiar por la mirilla.

Silencio. Y tras unos segundos, el cerrojo comenzó a descorrerse lentamente. Miguel lo miraba como hipnotizado, incapaz de reaccionar.

Con un chasquido, se abrió del todo y, como si ese sonido hubiera sido un remedio para su parálisis, Miguel se dio la vuelta y corrió hacia su cuarto, pensando desesperadamente en encontrar un escondite seguro. No se le ocurría ninguno.

Oyó que la puerta de la casa se abría. Tiró los almohadones de la cama al suelo, se metió entre ellos y se cubrió con la colcha.

Aguardó con los ojos cerrados. Pidió ayuda a Dios. ¿Por qué estaba solo, a dónde habían ido sus padres y su hermano?

Oyó los pasos en el pasillo, que se detenían ante la puerta de su cuarto.

El lobo entró.

Miguel contuvo la respiración. Oía la del lobo, ronca y poderosa.

De golpe, la colcha que lo tapaba salió volando de un tirón.

El lobo le miraba con expresión triunfal.

—¡Ya te tengo!

Y con su lengua grande y roja y babeante se relamió.

2
Padre e hijo

Por fin, después de una jornada ajetreada y varias horas de corregir exámenes en su casa, tenía un rato para hacer lo que le apeteciera. Su mujer estaba de viaje, su hijo pequeño en un campamento y el mayor, que había preferido leer a ver una película con él, había apagado la luz de su cuarto hacía un rato. Se encontraba tan cansado que a punto estuvo de encender el televisor y saltar de programa en programa hasta adormilarse, pero decidió continuar con la lectura del libro sobre Gilles de Rais, empezado hacía días. Se sentó en el sillón. Abrió el volumen por la página señalada. Pensó que se merecía un aperitivo, e iba a levantarse cuando se sintió observado. Miró hacia el vano que se abría al pasillo. Un pie desnudo asomaba tras el marco.

—¿Miguel?

El pie desapareció. Al padre le parecía enorme, pues lo había visto crecer desde que no tenía más de siete centímetros hasta ahora.

Suspiró. Era descorazonador reconocerlo, pero le costaba más levantarse para ver qué quería su hijo que para prepararse un aperitivo.

—¿Miguel? ¿Estás ahí?

Junto al vano, con aire culpable o avergonzado, su hijo le miró en silencio. ¡Cómo había crecido! Ya estaba casi tan alto como su madre.

—¿Qué pasa? ¿No te duermes?

—¿Cuándo vienen mamá y Juan?

—Mamá dentro de dos días, y a Juan le recogeremos el sábado, ya lo sabes. Venga, ve a dormir.

Miguel apartó un poco la mirada.

—He tenido un sueño.

—¿Y de qué era?

—De un lobo.

—¿De un lobo? —se extrañó su padre—. ¿De qué lobo?

—Era un lobo que hablaba.

Le enternecían su miedo y su voz, baja y suave, una voz que pronto cambiaría. Le enternecía su vulnerabilidad, y también el valor de reconocer que había tenido miedo. Contuvo el deseo de darle un beso, pues no estaba seguro de que fuera a ser bien recibido.

—Ven.

Recordó cuando, hacía no tanto, le levantaba de las axilas, y lo llevaba en volandas.

Todo había pasado en un suspiro. Qué distinto era su tiempo del de sus hijos.

Se acordó de sus miedos infantiles, de que cuando tenía diez años (es decir, cuando tenía dos menos que su hijo ahora) soñó que alguien llamaba a la puerta de la cocina. La abría en el sueño, y aparecía ante él una vieja horrible y enjuta, de cara arrugada, pelo blanco y ojos pequeños y brillantes. Él se quedaba paralizado de miedo. Sin decir palabra la vieja se lo llevaba, y no era capaz ni siquiera de gritar y pedir auxilio a sus padres y a sus hermanos, secuestrado él por la bruja, secuestrada su voz por el terror. A partir de aquel sueño el miedo había vuelto a sus noches, e incluso en algunas de ellas se había tragado su orgullo y había pedido a su hermano pequeño, Pablo, que le permitiera compartir su cama con él.

Se sentaron en el sofá, mirándose.

—Los lobos no hablan, Miguel —empezó, con un tono sereno que pretendía ser persuasivo—. Además, no se atreven a entrar en las ciudades, porque no saben cruzar las calles y les pillarían los coches. Y no pueden trepar hasta nuestro piso.

Miguel le dejaba hablar, pero en su rostro se iba acentuando una mueca de incredulidad o asombro.

—Pero, papá —dijo al fin, y a la incredulidad se había sumado la indignación o el desdén—. ¡Me tratas como a un niño pequeño! Ya sé que no existen, ¡pero ha sido una pesadilla!

—Está bien. ¿Quieres quedarte un rato charlando?

—Bueno...

Aunque estaba cansado, se alegró. Tampoco tenía muchas oportunidades de hablar tranquilamente con él, a solas.

—¿Te acuerdas de cuando tenías miedo, de pequeño?

—Sí. Me contabas el cuento del Viejito Andrajoso para que se me quitara.

—¿Lo recuerdas? —sonrió—. ¿Quieres que te cuente el del Último Lobo que Hablaba?

Miguel guardó silencio, no muy convencido.

—Escuchar cuentos no es de niños pequeños —dijo el padre, adivinando su pensamiento—. Antiguamente, cuando aún no se había inventado la escritura, los cuentos se transmitían oralmente, y te aseguro que muchos eran terribles y no precisamente para niños.

—¿Cómo se llama tu historia?

—*El capitán Miguel y el misterio de la daga milanesa.* Ocurrió hace quinientos años, más o menos. Trata del último hombre lobo. No ha habido más.

—Cuéntamela —decidió el chico, tras reflexionar un instante.

—Bien.

Miró en su derredor, buscando inspiración. El salón atestado de libros, dos pilas de títulos en el suelo, pues ya no cabían más y siempre dejaba para mañana el deshacerse de ellos, las estanterías llenas hasta el techo, allí las novelas de ficción, a un lado las traducidas y a otro las escritas en español, en otras baldas los de historia, allá los de arte y fotografía, en la otra pared los de poesía, ensayo y memorias, más abajo los juveniles e infantiles, un poco más arriba los cómics. Suspiró. En las baldas en las que se alineaban las películas, *En compañía de lobos*, *Un hombre lobo americano en Londres*, *La princesa prometida*, *Ordet* y muchas otras, parecían llamarle.

—¿Cuándo empiezas?

—Ahora mismo. Era la época del Renacimiento, en España. Corría el año 1537, un tiempo en el que todo se discutía, en el que todo estaba patas arriba... Se rumoreaba en las cortes y universidades europeas que un astrónomo polaco, Nicolás Copérnico...

3
Hay un nuevo capitán en el ejército de Carlos I

... aseguraba que la Tierra giraba alrededor del Sol, en contra de lo que decía Aristóteles, según el cual el Sol, la Luna y las estrellas giraban alrededor de la Tierra. Era difícil contradecir al sabio griego, pues había dicho siglos atrás que la Tierra era redonda, y hacía unos pocos años los navegantes habían demostrado que tenía razón.

Era una época mucho más violenta que la actual, en la que la vida de las bestias y de los hombres (salvo que pertenecieran a la nobleza) apenas tenía valor, y en la que a casi nadie se le ocurriría regañar a unos niños porque abusaran de otro más débil. Muchos morían antes de cumplir los tres años, por hambre o enfermedades, o incluso porque sus padres, con los que compartían el lecho, los aplastaban por la noche sin darse cuenta, asfixiándolos. Los campesinos eran muy pobres, y en invierno pasaban un frío terrible, y siempre estaban llenos de pulgas, garrapatas y piojos, y habían de quitárselos los unos a los otros. La gente olía fatal, pues apenas se lavaba, y muy pronto se le caían los dientes, porque no se los cepillaban por la noche ni por la mañana, y se les pudrían.

Lutero se enfrentaba al papa, los protestantes a los católicos, se mataba por la fe y en esa confusión en Alemania se alzaban los campesinos contra los príncipes y eran muchos los que pretendían abolir el Estado, la propiedad privada, la Iglesia y todo tipo de jerarquía. Carlos I de España y V de Alemania, heredero de diversos y vastos territorios, era el hombre más poderoso del mundo, y se enfrentaba a Francia, al Imperio Otomano, a Inglaterra, tenía conflictos en los Países Bajos... No había casi nada de lo que conocemos nosotros: ni Wii, ni iPads, ni drones, ni coches ni nada de nada, pero las pasiones, las virtudes, los deseos y los defectos de los hombres eran iguales que los de ahora.

Nuestro protagonista, el capitán Miguel, vivía en Piedra de los Caballeros, una pequeña ciudad, o un gran pueblo, a los pies de una colina, que se había levantado, según la leyenda, en el lugar en el que antiguos caballeros se juraban lealtad subidos a una gran roca. En aquella colina había un castillo, y en otra se elevaba la más grande de sus tres iglesias. La ladera de la colina de la iglesia mayor estaba llena de casas y callejuelas, pero la del castillo sólo tenía árboles, rocas y arbustos. El castillo estaba defendido por torres y murallas de piedra, al igual que la ciudad, bordeada al este por un río flanqueado por chopos.

Pero esas torres y murallas no habían servido, hacía veinte años, para proteger a diecisiete muchachos de humilde condición, que habían sido despedazados en los campos por un enorme lobo. Todos ellos habían muerto a los catorce años. Y la mayoría habían sido encontrados en las tierras del marqués Esteban Hambrán o en las de Monroy, que colindaban con ellas. Corrió el rumor de que en el reino había un monstruo, una bestia, un hombre lobo que atacaba por la noche a los muchachos que se despistaban y no se habían refugiado en sus chozas o en el orfelinato al caer el sol.

El marqués de Hambrán había gozado, como sus antepasados, de la fama de ser el noble más apuesto del reino, hasta que un toro le corneó en la cara, desfigurándosela. El cuerno le abrió toda la mejilla izquierda, dejando al descubierto huesos y muelas. Un cirujano le cosió el trozo de cara que se le había quedado colgando. La cicatriz que resultó de aquello era como una L: desde la comisura de los labios corría como prolongándolos, para subir luego bruscamente en ángulo recto hasta llegar al borde de la ceja. Y aunque se dejó crecer una barba negra, a partir de entonces pareció que en su faz había siempre una cruel sonrisa, que desentonaba con su habitual amabilidad. Continuó siendo apuesto, pero ahora únicamente si mostraba su perfil derecho. Cuando el lado que se veía era el izquierdo, resultaba repulsivo. Aquel toro bravo le había convertido en un Jano, el dios romano de las dos caras. Por aquel entonces el capitán Miguel aún no había nacido.

Sobre el marqués Esteban Hambrán circulaban diversas habladurías. Se decía que, desde tiempo inmemorial, su familia contrataba hechiceros y alquimistas a los que mantenía encerrados para que buscaran el secreto de la eterna juventud y de la piedra filosofal, capaz de convertir cualquier metal que tocara en oro y de dotar a su dueño de una inmensa sabiduría. Se esparció el rumor de que una bruja hermosísima, pero a la que habían cortado dos dedos de la mano izquierda, lo había encontrado. Y también empezaron a difundirse las sospechas de que el marqués estaba relacionado con las muertes de los campesinos y huérfanos. Incluso se dijo que ya se había cursado la orden para detenerlo, acusarlo de aquellos horrendos crímenes y juzgarlo.

Pero antes de que fuera encarcelado, el marqués se presentó una mañana ante las puertas del castillo. Llevaba cruzado sobre la grupa de su corcel el cadáver de un lobo, el más grande que jamás se había visto por aquellos contornos. Pesaba cinco arrobas, cerca de sesenta kilos, y eso que su pelo no estaba mojado. Esteban Hambrán tiró el enorme lobo a los pies de la puerta del castillo, y gritó con recia voz, para que todos pudieran oírle:

—¡Aquí tenéis a vuestro asesino de muchachos! ¡Las madres ya podrán respirar tranquilas cuando sus hijos cumplan catorce años!

Aquel lobo, efectivamente, había atacado a un campesino de catorce años, y el marqués había llegado a tiempo para salvarlo. Y tal y como había anunciado, cesaron las brutales muertes. La conclusión parecía evidente: muerto el perro, muerta la rabia. Si habían terminado los ataques, era porque la bestia había sido capturada. Muchas madres agradecidas encendieron velas en las iglesias en honor del marqués y rezaron por la salvación de su alma, y muchos se arrepintieron de haber sospechado de él.

Algún tiempo después Esteban Hambrán se fue a América, dicen que a buscar oro al no haber hallado sus alquimistas la piedra filosofal. En realidad, seguía una tradición familiar. Desde hacía siglos los marqueses de Hambrán no se casaban, y cuando cumplían treinta años abandonaban sus feudos y emprendían un largo viaje en pos de esposa, un viaje del que, veinte o veinticinco años después, no regresaban ellos ni la anhelada esposa, sino un hijo, el nuevo marqués de Hambrán, idéntico al anterior y habido, según las habladurías populares, con alguna hechicera de algún remoto país. Sobre el último don Esteban se esparcieron confusas y contradictorias noticias, rumores sin mucho fundamento, quizá. Lo habían visto en tal lugar, había explorado una selva y remontado un gran río en el que había sirenas, había atravesado un desierto, era el señor de fabulosas y ricas tierras llenas de oro, joyas y esclavos, una flecha emponzoñada con el veneno de una rana había puesto fin a su paso por este mundo... Se escuchó también que había sido devorado por una tribu de caníbales, cocido en una olla de plata.

Todo esto lo sabía Miguel porque lo sabía todo el mundo que viviera a menos de quince leguas de Piedra de los Caballeros.

Como sabía también que había regresado hacía cuatro años, y que ante el asombro de todos seguía igual de joven. No había continuado la tradición familiar: se trataba del mismo marqués, y no de uno nuevo, engendrado y criado en lejanas tierras, como probaba la cicatriz de su rostro, que todos recordaban. Según algunos sí se había producido algún cambio: sus ojos eran ahora azules, en lugar de verdes. ¿O siempre habían sido verdes? ¿Quién se acordaba, si habían pasado quince años?

—Cambian de color cada vez que bebo la pócima mágica de la juventud —explicó Hambrán a una atrevida dama que le preguntó por aquel asunto, pero a la dama en cuestión le pareció que bromeaba.

Y por otra parte, ¿qué más daba? Suponiendo que sus ojos hubieran cambiado de color, mucho más extraño aún resultaba que, con pócima o sin ella, el marqués de Hambrán aparentara la misma edad que cuando partió hacia América, dos décadas atrás: treinta años.

—¿Pero el capitán Miguel no es el protagonista? —interrumpió el chico—. ¿Cuándo sale?

—Paciencia, que allá vamos. Miguel había sido nombrado capitán por el emperador justo el día en el que comienza nuestra historia. Acababa de recibir la patente. ¡Era el capitán más joven de todo el reino, pues apenas había cumplido dieciocho años!

—Era unos doce años más pequeño que Hambrán... Bueno, no... *Parecía* unos doce años más joven, pero en realidad era unos treinta años más joven, pues Hambrán tenía cerca de cincuenta.

—Exacto —corroboró el padre, satisfecho de que su hijo siguiera con atención su relato.

El capitán Miguel estaba celebrando su nombramiento en una taberna, en la que se mezclaban soldados, lavanderas, tejedoras, campesinos, panaderos y artesanos. El suelo estaba cubierto de paja, para que los clientes no resbalaran con la cerveza derramada. Olía bastante mal, y no sólo por las vacas a las que únicamente una valla de troncos separaba de la taberna, pero estaban todos acostumbrados y a nadie parecía importarle. ¡No eran muy delicadas las narices de aquella época, no!

Miguel era rubio y tenía los ojos verdosos rodeados por unas largas pestañas. Era alto y caminaba siempre erguido, la espalda recta. Gracias al ejercicio, bajo su delgadez se agazapaba la dureza de la roca. Era todo fibra, y no era de extrañar que muchas de las jóvenes casaderas suspiraran por él, y entre ellas Rosalba de Monroy, la hija del señor del castillo. Pero Rosalba era tan orgullosa que preferiría pasar cien días recluida en una mazmorra a pan y agua antes que confesarlo. Y además, como era de una superior condición social, resultaba completamente imposible que Miguel y Rosalba contrajeran matrimonio.

Y, por cierto, tan delicada dama —casi una niña, en realidad, pues aún le quedaba un mes para cumplir los quince— jamás pondría sus pies en aquel antro ruidoso y maloliente.

Empezó un baile, y muchos se sumaron a él. Al capitán Miguel no le gustaba bailar, así que se abstuvo de hacerlo. Se fijó en una muchacha que estaba sola, en un rincón, al borde del llanto y a la que nadie prestaba atención. Se trataba de Filomena, una de las mozas más feas de la ciudad y sus alrededores, lo que en aquellos tiempos era mucho decir. Tenía la cara llena de granos. Un forúnculo deformaba su cuello, en su cabeza asomaban algunas calvas y pese a que aún no rebasaba los diecisiete años ya le faltaban varios dientes. En fin, no seguiré con la descripción para que no parezca que me regodeo en su fealdad. Compadecido, el capitán Miguel se acercó a ella.

—¿Queréis bailar?

La muchacha alzó los ojos y miró en derredor, temerosa de ser objeto de alguna burla. Con diecisiete años, ya estaba a punto de convertirse en una solterona, pues antiguamente la gente se casaba muy joven.

—¿Os compadecéis de mí?

—¿Se compadece el cardo de la rosa? —replicó galante el capitán—. Será para mí un honor bailar con vos.

Uno de los pasos del baile consistía en tocar un hombro de la pareja con la punta de los dedos, después el otro, para a continuación engancharse de los brazos, dar tres vueltas y separarse con una reverencia, todo ello ejecutado a gran velocidad.

—¡Vaya bobada! —no pudo evitar exclamar el Miguel de carne y hueso.

—Pues si piensas eso, estarías de acuerdo con el capitán Miguel —replicó el padre, algo molesto por la interrupción.

Mientras danzaban entró Benito, su criado, que seguramente venía no a divertirse, sino a echar una mano a su madre, la tabernera, una mujer de cuarenta años avejentada por los trabajos y las privaciones, como casi todas las de aquella época y condición.

Al acabar el baile el rostro de Filomena resplandecía, y un par de amigas, algo envidiosas, se acercaron a ella para comentar lo sucedido. El capitán Miguel se despidió y se acercó a la barra para pedir una jarra de cerveza. Allí le aguardaba Sancho, uno de los veteranos de la compañía, un sargento analfabeto curtido en mil combates: ¡presumía de haber matado a cuatro franceses en Pavía! Bajo la manga del jubón escondía la cicatriz producida por un disparo de arcabuz francés, y en la mejilla mostraba el alargado recuerdo de la cimitarra de un pirata berberisco. Iba a ser uno de los pocos que, sin duda, tendría el privilegio de sentarse a la mesa del capitán.

—Mi capitán —le saludó con sorna—. ¡Parece que vuestra nueva condición os haya nublado la vista!

—Hay que saber ver bajo la superficie, Sancho, que quizá esa muchacha tenga mejor corazón que otras más vistosas, y por supuesto, que vos —repuso el capitán Miguel, de buen humor. No era su intención galantear con ninguna de las mozas allí presentes, pues su corazón pertenecía a otra, pero era ese un secreto que no quería compartir con nadie. Y dirigiéndose ahora hacia la cantinera, agregó—: Una jarra de cerveza, haced el favor.

—Se la pongo sirvo yo —dijo Benito, que había aparecido tras la barra.

Su paje se expresaba así, añadiendo a ciertas palabras otras que significaban lo mismo y que por lo tanto, sobraban.

—Capitán —dijo Sancho, con una especie de embarazo—. La Compañía ha querido haceros un regalo. Sois el mejor tirador, será en beneficio de todos.

Dicho eso, alzó la mano, y a su llamada acudió el soldado Galiana, con una caja de madera entre las manos. Con inocente brusquedad, Sancho se la arrebató y la abrió. A la vista de Miguel se ofreció una pistola con una polvorera, una bolsita llena de balas de plomo, varios tacos y una baqueta.

—Un arcabuz pequeño —dijo orgulloso el veterano.

—Algunos prefieren llamarlo pistola —observó Miguel, contento—. Gracias. Decid a toda la Compañía que aprecio de corazón el honor que me hacéis.

Tras sopesar el arma y mirarla desde diferentes ángulos, la restituyó a la caja de madera.

—Si el vástago del conde de la Espiga hubiera llevado esto, tal vez a estas horas habría un condesito más y un lobo menos —Sancho, tras pronunciar esas palabras, se escupió en la palma de la mano.

Muchos, en el fondo, se alegraban de que hubiera muerto don Ramiro, de que también a los ricos y nobles les tocara de vez en cuando llorar en este valle de lágrimas. Condesito. Es curioso cómo los diminutivos pueden servir para mostrar cariño o, por el contrario, inquina y desprecio.

Benito puso delante del recién ascendido capitán la jarra de cerveza, en la que se leía esta inscripción: *Bebe y no te olvides de Dios.* Miguel quiso pagarla, a lo que la tabernera se negó.

—Invita la casa.

Dio un trago, y quizá pasara por su mente la imagen de cien batallas, de tantos horrores que había vivido hasta llegar a mandar una compañía.

—Capitán, una adivinanza —dijo Sancho—: tengo el cuerpo de madera y la cabeza de metal, ¿mi afición? ¡Golpear y golpear!

El sargento se le quedó mirando, con un brillo de astucia y diversión en los ojos.

—A ver… —reflexionó el capitán—. Eso de la afición por golpear, podríais ser vos mismo, Sancho… Tenéis además la cabeza dura como el hierro… Pero vuestro cuerpo no es de madera…

—¿Os rendís?

Viendo palmotear a Sancho con tanta alegría y simpleza, resultaba difícil imaginarlo clavando su espada en el cuello de un enemigo.

—Aún no. El martillo.

El viejo sargento se desinfló.

—¡Siempre lo adivináis! ¡Ya os pillaré, ya!

Poco después se presentó el cabo de escuadra Garci-González escoltado por dos soldados. Echó un vistazo al lugar, y cuando localizó al capitán Miguel, se dirigió a su encuentro.

—Mi capitán —saludó—. Ha llegado a la guardia la orden de que mañana a primera hora se presente vuesa merced en el castillo. Es el mismo señor de Monroy quien os llama.

—Gracias, cabo.

Le cedió a Sancho lo que le restaba de cerveza y anunció que se retiraba, pues quería estar descansado la mañana siguiente. No todos los días el señor de Monroy convocaba a su presencia a un capitán.

Al salir se volvió, y vio a Crispina, la doncella de Rosalba, una chica robusta de mejillas coloradas, hablando con Benito. A lo mejor ésa era la verdadera causa de que su criado hubiese acudido a la taberna, y lo de ayudar a su madre no fuera sino un pretexto.

Ya en la calle, escondidos en un rincón, dos niños se disponían a comerse un gato, tras haberlo asado sobre unas brasas. El capitán Miguel no acababa de acostumbrarse a tanta desigualdad y miseria, pero poco podía hacer. No tenía dinero para tanto pobre. ¿Realmente Dios lo había querido así, o eran los hombres los que permitían tal situación?

4
Han vuelto los crímenes

Se despertó con el alba, y después de desayunar una rebanada de pan duro mojado en leche y un trozo de queso de cabra, se encaminó hacia el castillo de Monroy, algo inquieto, pues ignoraba el motivo de la llamada. ¿Sería para felicitarlo personalmente por su nombramiento como capitán? El señor de Monroy fue quien, siendo Miguel un niño de tan sólo un año y pico de edad, que aún no sabía hablar ni andar, le había hallado a las puertas de un convento. Esto sucedió en 1521, una semana después de la batalla de Villalar, en la que Carlos I derrotó definitivamente a los comuneros, que se habían rebelado contra él, descontentos de un rey que no hablaba castellano y nombraba a extranjeros en los cargos de mayor responsabilidad.

Fue la madre de Rosalba quien decidió proteger a aquel huérfano que había enternecido su corazón, y sin llegar al extremo de ahijarlo, Monroy pagó los gastos de su educación en el hospicio gobernado por las monjas del convento en cuya entrada había sido abandonado, y se mantuvo al tanto de sus progresos, aunque guardando siempre una distancia, para dejar claro en todo momento que no era de su sangre. Tres años después de que Miguel fuera recogido (llevaba un papel enrollado colgado al cuello, en el que ponía su nombre y apellido, Navarro, sin más explicaciones), nació Rosalba. Y dos años después, de una enfermedad, murió la señora de Monroy, dejando huérfana a la niña. A los ocho años Monroy le sacó del hospicio y encargó que le prepararan para ser un caballero. Más adelante, le nombró maestro de ajedrez de su hija Rosalba.

Atravesó el capitán las callejuelas de la ciudad, llenas del estiércol de los bueyes, gallinas y borricos y de los orines de animales y hombres. Pasó ante un cerdo que estaba atado a un peral. Una niña descalza, vestida únicamente con unos calzones agujereados, le lanzaba piedrecitas desde una prudente distancia. Donde se juntaban dos talleres de curtidores el olor era aún peor, y a mediodía, con el calor, se intensificaría todavía más.

Salió por una de las puertas vigiladas y anduvo un par de minutos por el camino que atravesaba el campo, todavía seco, amarillo y polvoriento.

Dos carretas tiradas por bueyes se disponían a entrar por la Puerta del Campo. Más allá, sobre el monte poblado de jaras, brezos, encinas y robles, volaban en círculos unos buitres negros, que quizá hubieran divisado el cadáver de alguna cabra perdida.

¿Habría echado en falta el señor de Monroy alguno de sus libros y sospechaba de él? ¿Por eso lo llamaba?

Llegó frente a la puerta principal. El oficial de la guardia le conocía. Cruzó el primer rastrillo, la bóveda con los agujeros de la muerte, por los que en alguna lejana guerra se habían tirado flechas y volcado recipientes con azufre, cal viva y agua hirviendo, cruzó el segundo rastrillo y accedió al recinto inferior, donde reinaba cierta animación: unos chiquillos jugaban, unos campesinos exponían en sus puestos diversas hortalizas, resonaban los martillazos del herrero, rebuznaba un burro, unas gallinas iban de aquí para allá, buscando en el suelo algo de comer.

En una esquina del patio se hallaba una reliquia, un trabuco, una catapulta gigante con su brazo de madera y su gran cesto en un extremo, y en el otro una honda. El mundo cambiaba, y el castillo de Monroy daba fe de ello: bajo las saeteras en cruz de las murallas se habían abierto huecos para los cañones. Se acordó de la cicatriz de bala de Sancho. En el libro que iba a devolver secretamente, *Il principe*, que Maquiavelo había escrito en 1513, se citaba a un *condottiero* del siglo XV, Paolo Vitelli, que hacía sacar los ojos y cortar las manos a los enemigos que usaban el arcabuz. Pero tampoco con la crueldad se podía detener el progreso, e igual que se avanzaba en medicina o astronomía, se hacía en el arte de la guerra. En su ensayo, Maquiavelo sostenía que el más fuerte es el que toma el poder, sin que para ello cuente el derecho o la legitimidad. Y una vez en el poder, lo único que ha de importarle es mantenerlo, teniendo licencia para ser hipócrita, generoso, cruel o sincero según le convenga en cada caso. Un cinismo que había indignado a alguien tan joven y caballeroso como el capitán Miguel. Se situó entre el trabuco y la muralla, y tras asegurarse de que nadie lo miraba, sacó con disimulo una piedra que sobresalía un poco. Satisfecho, comprobó que en el escondrijo le esperaba la *Tragicomedia de Calisto y Melibea*, lo sustituyó por el libro que traía y volvió a encajar lo mejor que pudo la piedra.

En el patio de armas se ejercitaban varios muchachos, bajo la mirada de un instructor, preparándose para ser escuderos. Unos peleaban con espadas y lanzas de madera, levantando polvo del suelo seco, mientras otros hacían saltos y acrobacias sobre una tabla. Aprendían también modales, a cantar y tocar algún instrumento, a leer, a montar y a cuidar de un caballo. El capitán Miguel los miraba con una contradictoria mezcla de nostalgia y de alegría por haber dejado atrás aquel duro aprendizaje.

En la esquina se hallaba el pozo. Seis meses atrás un chiquillo se había asomado para ver su cara reflejada en el agua y se había caído. Cuando lo sacaron estaba ya muerto. Miguel, que en aquel entonces aún no era capitán, vio a la madre llorar abrazada al cuerpo. Él no había tenido madre ni padre, lo que le había dejado en el corazón un hueco imposible de llenar.

Llegó a la torre del homenaje. En lo alto de las escaleras le aguardaba el mayordomo mayor, don Julián, quien departía amigablemente con don Hernando, el capellán. Las funciones del cura no eran solamente religiosas. Además de haber enseñado a Rosalba a leer y escribir en latín y en castellano, cuidaba de que memorizara oraciones y algunos pasajes de la Biblia, y ayudaba a don Julián a llevar las cuentas de Monroy.

Miguel tenía la incómoda sensación de que el libro oculto bajo el jubón podía caérsele, aunque sabía que el cinturón, bien ajustado, lo impedía.

—Llegáis puntual, capitán.

—Es mi costumbre y mi deber, don Julián. Buenos días, don Hernando —Miguel hizo una leve y respetuosa inclinación de cabeza.

—Mis felicitaciones por vuestro ascenso —respondió el cura.

—Sed amable y acompañadme —terció don Julián—. Don Isidoro espera.

Subieron por la escalera de caracol, cuyo pilar central dificultaba el manejo de la espada con la mano derecha a quien subía, para dar ventaja al que estaba arriba, al que defendía la torre.

¿Y si el atacante usaba la izquierda?, te preguntarás. Bueno, en aquella época a los zurdos de nacimiento se les obligaba a usar la diestra, pues lo contrario se consideraba influencia del diablo, así que no existían los atacantes —ni los defensores— zurdos.

Pasaron ante el oratorio privado de los Monroy.

—Dispensadme —dijo don Hernando, y entró en él.

Antes de llegar a los aposentos del señor de Monroy, Miguel lanzó una fugaz mirada a la antecámara, donde unas mujeres confeccionaban ropa mientras otras arreglaban la deteriorada. Ante la rueca de hilar distinguió a Rosalba, vestida con una sencilla túnica blanca con mangas sobre una camisa dc algodón con encajes y unas zapatillas de tela.

A Miguel le pareció que la muchacha se ruborizaba al encontrarse con sus ojos. Pero algo le inquietó: un varón de lustrosa melena negra, bien cuidada barba y ricamente vestido, hablaba con ella en actitud galante, con un sombrero en la mano.

—Por aquí, capitán —indicó el mayordomo.

Llegaron a la gruesa puerta de nogal, que estaba abierta. Sobre el dintel había clavado un gran escudo de madera, con dos largas lanzas en aspa. Entre las lanzas se disponían cuatro espadas, y sostenido por una de ellas, el yelmo que el señor de Monroy había llevado en la batalla de Pavía, en la que una pica había atravesado su pierna derecha, a causa de lo cual cojeaba levemente. Una gran cama con dosel ocupaba el centro de la amplia estancia de altísimos techos con enormes vigas de madera. A la mesa, también de respetable tamaño, estaba sentado Monroy. Aunque ya había rebasado el medio siglo, se conservaba enérgico y vigoroso. Pese a que había perdido buena parte de sus cabellos y a que los que le quedaban ya encanecían, sus ojos brillaban aún con el fuego de la juventud. Lucía bigotes y una perilla gris. Vestía una camisa de lino y zapatos de cuero. Sobre la mesa había un cuenco con unas apetitosas manzanas. Tras él, en un armario de puertas acristaladas, se defendía del polvo buena parte de su biblioteca, que, con ciento doce volúmenes, era la más nutrida de Piedra de los Caballeros y uno de sus mayores orgullos.

—El capitán Navarro, excelencia.

—Adelante.

Miguel penetró en la habitación e hizo una reverencia, temiendo que el préstamo de libros hubiera sido descubierto. Sintió que don Isidoro de Monroy lo miraba de una manera diferente a como lo había hecho hasta entonces.

—Felicidades, capitán. Vuestro nombramiento hace justicia a vuestro valor —don Isidoro únicamente le tuteaba, como muestra de afecto y confianza, cuando estaban a solas. Y dirigiéndose ahora al mayordomo, agregó, molesto—: ¿Nos va a hacer esperar mucho nuestro ilustre y esquivo vecino?

Con una leve inclinación de cabeza, don Julián salió de la estancia. El señor de Monroy ordenaba unos papeles que había sobre la mesa. Miguel, nervioso, no sabía qué actitud adoptar. Se miró el vientre. El jubón era lo suficientemente amplio como para que no se notara el bulto de la *Tragicomedia de Calisto y Melibea.*

Al poco regresó el mayordomo, acompañado ahora por el joven moreno que cortejaba a Rosalba. Don Isidoro de Monroy se levantó. El recién llegado, tras entrar, caminó pegado a la pared de su izquierda, dobló una esquina y quedó enfrente del padre de Rosalba, de tal manera que éste veía su frente y Miguel y el mayordomo su perfil derecho. Vestía unas calzas ajustadas azules con rayas verdes, un ceñido jubón de color azul y un cinturón recamado de piedras preciosas. Calzaba zapatos de fina piel estrechos y puntiagudos, y se cubría la cabeza con un sombrero negro adornado por una pluma de pavo real. Se lo quitó e hizo con él una elegante reverencia. Al cinto llevaba un puñal con empuñadura de oro y la funda de plata finamente labrada. Tenía un hermoso rostro y una cuidada barba negra, con reflejos azulados.

Miró a Miguel extrañado, como preguntándose quién era y qué hacía allí, y el capitán creyó adivinar de quién se trataba. Había oído muchas historias referentes al marqués de Hambrán, pero nunca había estado en su presencia.

—Como saben, el conde de la Espiga pidió permiso para atravesar mis tierras con su familia y parte de su corte —empezó Monroy, sin más preámbulos ni cortesías—, camino de las suyas y de la feria de Medina de Rioseco. Hace tres días fue nuestro invitado. Y hace dos, el martes, su hijo de catorce años, don Ramiro, fue hallado muerto al amanecer —el castellano hizo una pausa, y el capitán Miguel no tuvo la impresión de que hubiera sentido aquella muerte más que cualquier otro percance en sus negocios—. Un lobo lo había despedazado y devorado en parte. Su cadáver fue encontrado en mis tierras, lindando con las del marqués don Esteban de Hambrán, aquí presente.

El aludido inclinó casi imperceptiblemente la cabeza, y el capitán Miguel vio confirmadas sus sospechas sobre la identidad de aquel hombre. Tenía unos cincuenta años, y sin embargo parecía poco mayor que él, ¿cómo era posible semejante desafío a las leyes de la naturaleza? Miguel se fijó en un pequeño espejo que había sobre una cómoda, situado de tal manera que reflejaba la mejilla izquierda de Hambrán, la parte de su cara que procuraba esconder, y vio, efectivamente, la cicatriz en forma de L que marcaba sus facciones.

—Todos conocen por estos lugares —continuó Monroy— lo que sucedió hace veinte años. Diecisiete muchachos fueron hallados muertos de la misma manera, y aquellas muertes no se interrumpieron hasta que don Esteban cazó al lobo más grande que jamás vagó por estos parajes. Quizá aquellos sucesos no se investigaron lo suficiente porque las víctimas eran pobres campesinos, cuando no huérfanos criados en el orfelinato de Santa Brígida, y eso me pesa —bajó un instante la mirada, como si efectivamente estuviera apesadumbrado, pero, si tal era el caso, en seguida se rehízo—. Mas ahora se ha traspasado una línea roja, se ha matado a un noble. A don Ramiro, el primogénito de un buen amigo mío. El conde de la Espiga había emprendido el viaje para comprobar cómo había ido la cosecha de trigo en sus posesiones allende las mías y de paso tratar conmigo de ciertos negocios privados que atañían a mi hija Rosalba y al difunto. Habíamos iniciado las negociaciones para casarlos. Quiero saber si don Ramiro ha sido muerto por lobos o por perros. —El padre de Rosalba se levantó, caminó por la habitación y, súbitamente, descargó un puñetazo sobre la mesa, tan fuerte que hizo que el cesto de las manzanas se desplazara levemente—. ¡O por hombres! Y obra de hombre o de bestia, no quiero que su muerte quede impune.

El señor de Monroy tamborileó en la mesa con sus dedos nerviosos y tras respetar unos segundos su silencio, intervino el marqués de Hambrán con una voz firme y segura que no carecía de encanto.

—Hace dos décadas, injustamente, se sospechó que un noble asesinaba a huérfanos y campesinos. Hoy deberíamos pensar en la posibilidad contraria, teniendo en cuenta los tiempos revueltos que corren y que el muerto haya sido de elevada alcurnia. Yo sospecho que un villano ha matado a don Ramiro.

—Don Esteban se ha ofrecido gentilmente a investigar esta desgracia —explicó el padre de Rosalba —. El caso ha tenido lugar en mis feudos, y lo he autorizado a ello. El conde de la Espiga no es demasiado querido en estas tierras suyas. Al contrario que en las posesiones más cercanas a su castillo, por aquí no perdona un maravedí ni una gavilla de trigo, así que no creo que los campesinos ayuden mucho, si es que saben algo. Aunque deberían considerar que esa misma mañana apareció también el cuerpo de uno de los suyos, igualmente de catorce años, a dos leguas de allí.

—Si el conde de la Espiga los interroga con su característica habilidad, hablarán —dijo Hambrán con una ligera mueca de desagrado.

—Hablando de interrogatorios, vuesa merced es discreto, y sin duda por eso no ha expresado la pregunta que seguramente le ronda en la cabeza desde que ha llegado, ¿qué hace aquí este joven capitán? Yo contestaré a esa pregunta que no ha sido formulada: el capitán Navarro participará también en las pesquisas.

Sinceramente sorprendido, Miguel no supo qué decir. En su confusión desvió la vista hacia el espejo, y vio en su reflejo cómo la cicatriz en forma de L del marqués de Hambrán se encendía, cobrando un vivo color escarlata que desapareció con la celeridad con la que desaparece el rayo que surca los cielos. Pero mientras esa especie de llama refulgía, el marqués había permanecido impasible, e incluso una sonrisa tranquila se había dibujado en su rostro inteligente y algo arrogante. Adivinó el capitán que se dejaba barba para tapar aquella cicatriz.

—Me place, cuatro ojos ven mejor que dos, aunque uno de esos pares sean los de un joven inexperto —dijo, disimulando el enojo que únicamente Miguel había advertido—. Supongo que en este asunto el capitán estará a mis órdenes.

—No —lo contrarió Monroy—. Su propia excelencia lo ha dicho, cuatro ojos ven mejor que dos, y para eso es mejor que vayan separados, pues si no, verían lo mismo, y en ese caso, ¿cuál sería la ventaja?

—Bien pensado —celebró don Esteban de Hambrán—. Y bienvenido —añadió, sonriendo a Miguel.

Era una sonrisa franca y confiada, capaz de ganarse cualquier corazón.

—No es un capricho —prosiguió Monroy—. Don Miguel Navarro se ha convertido en uno de los capitanes más jóvenes del ejército imperial, gracias al valor que ha demostrado contra los enemigos de la fe y del Imperio —se refería a los franceses, que con tal de minar el poder de Carlos I habían llegado a aliarse con el Imperio Otomano—. La noticia de su nombramiento me llegó justo después de la noticia de la muerte de don Ramiro. Y me acordé de que tiempo ha, estando yo presente, y estando alguien relatando el caso de las diecisiete muertes, preguntó: ¿Y cómo esos lobos sabían cuándo un mozo tenía catorce años? —Monroy, teatral, realizó una pausa—. Bien, ya expresada semejante pregunta, resulta evidente, pero hay que hacérsela, y ninguno de nosotros lo había hecho. Y además, mi pupilo tenía tan sólo cinco años entonces... Y ahora, la temprana agudeza infantil unida al valor juvenil me inclina a confiar en él.

El capitán Miguel comprendía que esa confianza era un honor, pero también una responsabilidad, y no sabía qué decir. Sólo sabía que no podía negarse a lo que le pidiera su protector, al que tanto debía.

—Además —prosiguió Monroy—, cuando tenía catorce años, Miguel fue encontrado malherido, semiinconsciente. En su delirio declaró que había sido atacado por un lobo que hablaba. Nadie se tomó en serio esas palabras, pero... Miguel, ¿podéis referirlo, para que el marqués de Hambrán sepa a qué me refiero?

—Vuesa merced, lo primero que quisiera es agradecer vuestra confianza —y al pronunciar esas palabras, el capitán aceptaba el encargo de investigar la muerte de don Ramiro—. Apenas recuerdo aquel suceso —se volvió hacia el marqués, quien lo miraba con simpatía, alentándolo a que siguiera—. Fui atacado por un perro, o por un lobo. No pude verlo bien, pues fue de noche, en el bosque. Y es cierto que dije que un gran lobo negro me había hablado, pero yo no creo mucho en tales prodigios, y más bien me inclino a pensar que fue la fiebre lo que me empujó a tener semejante visión, seguramente influido por esas viejas historias que tantas veces había escuchado...

—¿Y qué dijo ese lobo parlanchín? —inquirió Hambrán—. ¿Se expresaba en romance, en latín o en el curioso idioma de los lobos, rico en aullidos, gruñidos y rechinar de dientes?

Miguel miró al marqués desconcertado, pues aunque las palabras parecían una burla, su expresión seguía siendo franca y amigable.

—Dijo que yo no podía disfrazarme ante sus ojos —respondió Miguel—, que yo era un miserable huérfano, aunque un señor se hubiera encargado de educarme y mantenerme.

—Señores, tengo miedo —confesó Monroy—. No de lo que pueda pasarme a mí, sino de esa línea roja. Si se salta una, ¿por qué no saltarse dos? Si ha sido asesinado un noble, ¿por qué no una mujer? Mi única hija Rosalba tiene catorce años, la edad fatídica. Dentro de un mes cumple quince. Quiero que el culpable de la muerte de don Ramiro sea hallado cuanto antes, se trate de hombre, bestia o espíritu.

—Lo encontraré —dijo Hambrán, mirando con intención a Monroy—. Y entonces hablaremos de la recompensa.

Miguel adivinó que en eso de la recompensa se encerraba una alusión a Rosalba, e intuyó en ese momento que la muerte de don Ramiro, si no había sido accidental, podría estar relacionada con los planes de matrimonio de la hija de Monroy y el hijo del conde. Cauteloso, se abstuvo de comentar nada, pues bien sabía que eso no era más que una corazonada.

—Señor —tomó la palabra—. ¿Estaba solo don Ramiro cuando fue atacado?

—Por supuesto —respondió Monroy—. En caso contrario habría testigos, y se sabría quién lo habría matado.

—Una pregunta muy pertinente y perspicaz —comentó Hambrán.

Miguel se ruborizó ligeramente, pero no se amilanó.

—¿Y por qué se alejó del campamento a escondidas?

—No lo sabemos —contestó Monroy—. Quizá una cita clandestina... pero no con mi hija —se apresuró a aclarar—, pues Rosalba dormía cuando don Ramiro fue muerto. Quizá ganas de dar una vuelta... Quizá vio algo y decidió seguirlo...

—¿Qué le sucedió a su caballo?

—Nada. Apareció sano y salvo en el campamento. De hecho, su llegada al galope fue lo que hizo que se echara en falta a su dueño.

—¿Y cómo iba vestido don Ramiro? Quiero decir, ¿iba armado, llevaba cota de mallas?

—Llevaba zapatos de piel de nutria, calzas, jubón azul... Empuñaba un cuchillo, pero no le sirvió de mucho: la hoja no estaba manchada de sangre. Era casi lo único que no estaba ensangrentado.

—Quizá vestido de azul entre más fácilmente en el Cielo —observó con ironía Hambrán.

A Miguel le intrigaba que el marqués no formulara ninguna pregunta. ¿Había estado allí, había visto el cadáver, había sido informado previamente, o es que ya lo sabía todo? ¿O no le hacía falta, porque ya había decidido quién era el criminal?

—Capitán Navarro —dijo Monroy, dirigiéndose a Miguel y pasando por alto el ácido comentario del marqués—. Ya he pedido que, mientras dure la investigación, quede vuesa merced libre de todo deber y responsabilidad de servicio, por insignificantes que fueren.

Miguel inclinó la cabeza, en señal de agradecimiento y respeto.

—Y ahora dejadme solo, antes de que el recuerdo de Pavía llame a mi pierna y pague mi mal humor con vuesas mercedes.

Con esas palabras Monroy daba por finalizada la reunión, pero el capitán tenía aún una pregunta en la punta de la lengua.

—¿Y dónde fue hallado exactamente el desdichado don Ramiro?

—Junto a la fuente de los Castaños. Quizá el muchacho y el lobo sintieron sed a la vez. De agua el mozo, de sangre la bestia.

Antes de abandonar la estancia, Miguel oyó que el padre de Rosalba preguntaba a su mayordomo:

—Por cierto, don Julián, ¿ha visto vuesa merced mi ejemplar de la *Tragicomedia de Calisto y Melibea*? Estaba seguro de haberlo dejado aquí, pero desde ayer por la noche no lo encuentro.

—Pues no, don Isidoro. Por cierto, tampoco ha aparecido *Il principe* por ninguna parte.

—Es como si los libros tuvieran duendes traviesos en este hogar —rezongó Monroy—. Se ausentan y retornan como por ensalmo...

El capitán Miguel se volvió.

—*Il principe* aparecerá pronto, señor.

El mayordomo y Monroy le miraron extrañados, preguntándose quizá si el capitán había hecho alguna alusión no muy oportuna a un nuevo pretendiente para Rosalba, a la que Monroy llamaba a menudo «mi princesa», y mitad divertido, mitad arrepintiéndose de su imprudente broma, el capitán Miguel salió de la estancia. A mitad de la escalera parecía aguardarle don Esteban de Hambrán.

Pero enseguida comprobó que el marqués no le aguardaba a él, sino a Rosalba, quien subía con gracia y lentitud los peldaños. Llevaba ahora la frente al descubierto, y las trenzas sujetas con unos prendedores de plata con forma de pájaro. Además se había cambiado, y se cubría con un caro vestido de seda de damasco teñida de añil.

—Doña Rosalba —saludó Hambrán, descubriéndose y colocándose de tal manera que ofrecía a la muchacha su perfil intacto—, esta mañana lucís esplendorosa. Hoy puedo declarar sin mentir que he visto amanecer dos veces.

Miguel se detuvo dos peldaños más arriba, pues la pareja le cortaba el paso.

—Sois muy galante, marqués —repuso Rosalba, sin mostrarse halagada—. Pero ya os hice saber que no me gusta lo que se opone a las leyes de la naturaleza, y mi instinto me haría desconfiar, si alguna vez ante mis ojos se presentase tal prodigio, de un hombre que aparentara ser mi hermano mayor cuando por edad pudiera ser mi padre.

Aunque no perdió la sonrisa, el rostro de Hambrán se tiñó de rojo, y Miguel imaginó que su L se había encendido. Rosalba se volvió hacia él, pasando su mirada por encima del marqués.

—Capitán Miguel, os felicito por el ascenso.

Miguel hizo una leve reverencia. Le gustaba cómo sonaba en labios de la muchacha su nuevo grado, capitán.

—Señora... Lamento la muerte de vuestro prometido.

Miguel sabía que Rosalba apenas lo conocía, y que no podía afligirle mucho su pérdida. La muchacha guardó silencio un instante, antes de responder.

—Toda muerte es lamentable, y más la de un mozo tan cortés y gentil como lo era don Ramiro.

—Hay un *príncipe* que os espera, y que espera que lo devolváis a donde pertenece.

El marqués de Hambrán soltó una alegre carcajada.

—¿Y eso ha sido un piropo? Capitán, confío en que algún día me lo sepáis explicar. ¡A fe mía que en cuestión de galanteos vos tenéis mucho que enseñar y yo otro tanto que aprender!

La voz de Monroy llamando a su hija interrumpió la escena.

—Caballeros, tengo que dejarles.

Y tras una reverencia, Rosalba continuó ascendiendo las escaleras. Miguel se hizo un lado, y olió con placer el perfume de la muchacha que, con los zapatos de plataforma, lo igualaba en altura.

—Capitán —dijo el marqués—. Ya que vamos a investigar por separado el mismo asunto, propongo que nos comuniquemos lo que vayamos descubriendo. Esto no es una competición, ¿verdad?, sino una alianza.

Tras sonreírle, Hambrán se puso el sombrero y comenzó a bajar, seguido por Miguel.

—Se ha cambiado para mí, ¡qué discreta y encantadora muchacha es esta Rosalba de Monroy! —el marqués se volvió hacia Miguel, haciéndole un guiño de complicidad—. He notado con qué ojos la miráis, capitán. Os daré amistoso consejo: olvidaos de ella. Sois como un gorrión que pretende disputar una paloma a un águila, y no os lo toméis como un menosprecio. Es, simplemente, la realidad.

No sabía el capitán a qué atenerse con el marqués, que ora parecía arrogante e impertinente, ora cordial y cercano. Pero la arrogancia y la impertinencia, cuando se dirigían hacia alguien de rango inferior, ¿no eran acaso algo común a casi todos los de su clase?

Llegaron a la puerta.

—Vaya con Dios, capitán —dijo el marqués—. Si hay alguna novedad, no dejéis de informarme. Lo mismo haré yo.

—Marqués...

Fuera, sujetando por la brida un magnífico corcel bayo, le esperaba un criado. Advirtió que su amo llevaba un cordón suelto, y se arrodilló para atarlo. Ya con el nudo hecho en el calzado, el noble metió un pie en el estribo y de un ágil salto subió a la grupa de su montura. No sabía a qué atenerse, el capitán, con aquel hombre soberbio y vanidoso, pero también elegante y cautivador.

5
Discutiendo de religión

Miguel regresó meditabundo a su casa. No sabía por dónde empezar, pero no había tiempo que perder. Fue a las cuadras. Benito ya había cepillado a *Ventisquero*, que había comido y bebido y le saludó al reconocerlo con un alegre relincho. Ordenó al mozo que ensillara las cabalgaduras, y guiados el caballo y la mula de la mano del criado, fueron a su casa. Sin que le viera Benito, Miguel sacó de las ropas el libro y lo escondió en el arcón, bajo unas calzas. Cogió después la pistola y se la colgó del cinto. La baqueta, las balas, la polvorera y los tacos los puso en un zurrón atado a la silla de *Ventisquero*. Benito, que le miraba en silencio, no pudo refrenar por más tiempo su curiosidad.

—¿Adónde vamos?

—A dar un paseo por el campo, cual pastorcillos enamorados. Coge algo para almorzar, la excursión puede durar hasta la puesta del sol.

Montado en la mula, el escudero iba tras el capitán. Cuando pasaban por una calle empedrada, los cascos de los animales producían un sonido recio y vagamente rítmico. Una mujer presurosa, sofocada, salió a su encuentro. Era la tabernera, la madre de Benito.

—Don Miguel —dijo, restregándose las manos, agobiada—. Mi hijo, como vos sabéis, cumplió ya los catorce.

—Lo sé —dijo Miguel.

Benito, algo avergonzado, miraba para otra parte. Qué lejos estaba de adivinar que en aquel momento su admirado amo le envidiaba, pues gozaba de lo que él nunca había tenido: el amor incondicional de una madre.

—He oído que ha vuelto el lobo —dijo la señora, angustiada—. Por Dios y la Virgen que nos ampara os lo suplico, velad por mi niño, que tiene catorce años.

—Sabéis, señora, que lo quiero como al hermano que no tengo —repuso Miguel—. Dormid tranquila, que si fuera preciso, yo daría mi vida por la suya.

—Tampoco es mi deseo que muráis vos —sollozó la buena mujer, emocionada.

—Descuidad, señora —la tranquilizó Miguel—. Prenderé a ese asesino, hombre o bestia, y le cortaré la cabeza antes de sufrir yo daño.

—Que la Virgen de la Misericordia nos acoja bajo su manto —musitó la mujer, santiguándose.

Miguel y su criado prosiguieron su camino a lomos de sus monturas.

—No le temo a la muerte ni al fin de mis días —dijo Benito—. ¿No es acaso nuestro cuerpo la cárcel presidio del alma, y al fenecer no se alza eleva el espíritu alma hasta el Cielo Paraíso?

Cabalgaron en silencio. Cerca de la iglesia de San Joaquín y Santa Ana, en una estrecha callejuela, les abordó un fraile franciscano, descalzo y con el sayal ceñido por un cordón con tres nudos, símbolo de los votos de pobreza, obediencia y castidad.

—Una limosna, no para este indigno siervo del Altísimo, sino para los más necesitados...

Fray Edelmiro —así se llamaba el monje, al que ambos conocían de sobra— extendió una mano huesuda, con la piel arrugada y salpicada de manchas.

El capitán abrió la bolsa y sacó una moneda, que el monje guardó en un bolsillo de su sayal.

—Dios guarda un sitio para las almas caritativas...

Se cruzaron con dos de los siete hermanos Saavedra, ambos marcados por la viruela, que había matado al mayor. Uno sacaba todos los días las cabras con su padre, y se había quedado tuerto cuando, por Navidad, le habían tirado una bola de nieve con una piedra dentro. El otro era ayudante del pocero que limpiaba las letrinas del castillo. Se decía que aquella enfermedad que les había picoteado el rostro y el cuerpo había matado, allende los mares, más indígenas que el plomo y el acero, y que era la peste de esas nuevas tierras que unos llamaban Indias Occidentales y otros América. La peste, que muchos consideraban un castigo divino... ¿Pensarían también los indios que la viruela era un castigo de los dioses?

—Si allá en Roma todos fueran humildes puros como fray Edelmiro, no habría nacido brotado el protestantismo —opinaba Benito; aunque, más que opinar, repetía las lecciones que recibía del capellán de Monroy; don Hernando, por su candidez, le había tomado afecto y le impartía dos horas semanales de clases de latín y religión—. Hay mucha corrupción podredumbre, ¿pero cómo va a bastar la fe para salvarse, como dice y sostiene ese diablo de Lutero? ¡Bien pronto corrió a casarse, el muy tunante bribón! ¿Y cómo se atreve y osa y es posible que traduzca la Biblia al alemán teutón germano? ¡No me extraña que tuviera que hacerlo en secreto a escondidas y con un nombre falso, pero el Todopoderoso todo lo ve! Claro que lo de las indulgencias, eso de redimirse de los pecados resbalones dando dinero no es justo, porque entonces, ¿qué es de los pobres menesterosos? ¿Encima de pobres menesterosos no podrán o podremos entrar en el Paraíso? Para mí que en los últimos cien años nadie ha sido admitido en el Cielo Paraíso y san Pedro está aburrido y hasta dormido de aburrimiento.

El capitán sonreía para sí, divertido por la aturullada cháchara de su escudero.

—Muy santo y rezador te veo, Benito, aunque eso no cuadra mucho con las noticias que me han llegado de uno que, durante el último carnaval, orinó en el incensario de la iglesia de Santa Brígida.

Al oír aquello, el escudero se sofocó.

—Es preciso que anualmente una vez al año demos rienda suelta a la estupidez, que es nuestra segunda naturaleza. Por eso nos permitimos unos días de juerga fiesta para dedicarnos después con más ahínco al servicio del Señor Altísimo.

—Y eso que he hecho yo, dar una limosna y reservarme por caritativo un lugar junto a Dios... ¿Cómo lo juzgas?

—Eso no es lo mismo y a la vez es distinto —confuso, Benito ahuyentó una mosca de su mejilla—. Pero no me líe vuesa merced, que a mí lo que me agobia es que, con lo bondadoso que es, a veces parece que no cree mucho en los sermones de los curas sacerdotes...

—No te preocupes en demasía, Benito, que ya cuido yo de mí. No es que no crea en Dios, sino que no me gusta la imagen de un noble arrodillándose y besando el anillo de un cardenal.

—¿Y qué importa a vuesa merced, si no sois ni noble ni cardenal?

A veces el capitán se preguntaba si no permitía demasiadas familiaridades a su criado.

Llegaron en silencio hasta la catedral, y a su vista, Benito no pudo reprimirse.

—Esto sólo lo ha podido hacer construir el Altísimo.

—No seas inocente —replicó el capitán—. Doscientos años de trabajo de miles de hombres lo han levantado.

—¿Y quién pinta las piedras de colores, y las losas del suelo, sino los ángeles?

—Las vidrieras.

Tras las torres imponentes, altísimas, unas nubes de un gris perla se movían lentamente en el cielo azul. El capitán permaneció unos instantes mirándolas, y un ligero mareo se apoderó de él justo en el momento en el que sonó un órgano. Y por un momento, Miguel sintió la presencia de Dios.

—¿Va a haber mucha religión en esta historia, papá? —interrumpió el Miguel de carne y hueso.

—Supongo —contestó su padre—. Ten en cuenta que en el Renacimiento casi todo el mundo era religioso, la Iglesia tenía un enorme poder. Había muchísimos frailes y monjas, a quienes se respetaba. La gente rezaba a menudo, continuamente se santiguaba y temía al Diablo y al Infierno, y muchos estaban dispuestos a matar y a morir por sus creencias. Ahora somos más tolerantes, es la gran lección que hemos aprendido en Europa. ¿Sigo?

—Sí.

Rebasaron las murallas de la ciudad. Lucía un sol fuerte, que no se podía mirar. El cielo estaba lleno de nubes aborregadas, como puñados de algodón. A lo lejos, la sierra estaba azul. Le gustaban mucho al capitán, esas montañas azules, esos campos amarillos.

—¿Qué veis en el cielo? —preguntó Benito, con fingido candor.

—Nubecillas blancas.

—Sí. ¿Y a qué se asemejan y parecen?

—A un rebaño de ovejas. Eres persistente, Benito, sé dónde quieres ir a parar.

—Son los fieles que han ascendido al cielo —siguió Benito, como si no le hubiera oído—, y el Señor, de vez en cuando, nos lo quiere recordar.

—Yo más bien me comparo con esa —el capitán señaló una nube apartada del resto y rota en jirones, que destacaba sobre el fondo azul que la rodeaba. Recordaba la figura de un guerrero con alas—. No me siento parte del rebaño. Y no creeré mientras no tenga una prueba.

Benito se santiguó.

—Que no le oiga nadie, que pueden tomarle por un bribón ateo hereje.

El capitán volvió a mirar la solitaria nube, pero se había deshilachado aún más y ya no parecía un guerrero alado.

—Ahora que nadie puede oírnos salvo las criaturas del campo, Benito, y teniendo en cuenta que me fío de ti y de tu silencio, permíteme que exprese algunas dudas… ¿Forma parte Dios de este mundo que ha creado, o es otra cosa? ¿Tiene el hombre libertad para pecar o para obrar con rectitud? ¿Si Dios es inconmensurablemente bueno, cómo permite el mal? ¿Si el mundo es finito, qué hay después? ¿Qué es la nada, cómo puede *ser* algo que precisamente *no es* nada? Y si el hombre cree en Dios… ¿Es porque verdaderamente existe, o se lo inventa porque tiene miedo a las fuerzas de la naturaleza y a la muerte? ¿Es una forma de consolarse por la angustia de ver que todo lo bello acaba podrido, lleno de gusanos y moscas?

Según había ido hablando el capitán, el rostro del paje se había ido oscureciendo, hasta que ya no pudo aguantar más.

—Calle, calle vuesa merced señoría, que yo haré como que nada he oído y como que nada he escuchado y como que no se oye ni el zumbido vuelo de los abejorros y como que un gran silencio nos rodea y envuelve desde que salimos de las murallas. ¡Calle, que parece un bribón ateo alemán!

Ofendido, Benito picó espuelas y se adelantó unas varas. Pero de poco le valió ese gesto, pues el capitán desvió su cabalgadura hacia poniente, hacia la fuente de los Castaños, y Benito tuvo que deshacer el camino y regresar junto a él. Cruzaron unos viñedos. Un pastor se hacía sombra con la mano para verles mejor, y sus ovejas buscaban algo que comer entre pajas y rastrojos. Un mastín las vigilaba, tan sucio y delgaducho que daba pena verlo.

—¿Vamos lejos?

—Seis leguas hacia el Oeste. A los confines de las tierras de Monroy, más allá de los viñedos, a la fuente de los Castaños.

Miguel volvió a acordarse de su delirio, de aquel lobo grande y negro, de ojos rojos, o puede que amarillos, que hablaba y le decía que no tenía madre ni padre y que por eso no merecía vivir. Nadie le tomó en serio, y a él siempre le quedó la duda de si aquella visión había sido delirio o realidad.

Puso a *Ventisquero* al galope corto, pues aún no hacía demasiado calor. *Zana*, la mula de Benito, que era marrón con las patas y el cuello más oscuros, casi negros, le seguía a duras penas. El nombre completo era *Zanahoria*, pues sin gastar demasiado ingenio, Benito la llamó así cuando, el día que se la regaló su madre para mejor servir a Miguel, le dio una zanahoria, que el cuadrúpedo devoró de dos bocados. Pero *Zanahoria* resultó pronto nombre demasiado largo, y se quedó en *Zana*.

—¡Vamos, *Zana*! —la animaba su jinete—. ¡Que no se diga que ese penco caballejo rocín vuela más que tú!

Unas codornices levantaron el vuelo justo antes de que pasara el caballo sobre ellas. El aire le daba en la cara, y el capitán Miguel se sentía joven y fuerte, como si nada ni nadie pudiera detenerlo ni derrotarlo.

6
El lugar del asesinato

Tras un rato de galope, Miguel puso al paso a su montura, cuyo pelo brillaba por el sudor. El capitán acarició su cuello y le dirigió unas palabras cariñosas. Poco después Benito le alcanzaba.

Subían ahora por una ladera de suave pendiente cubierta de matorrales, piedras, jaras y pinos. Aún estaba el campo invadido por los insectos. Una pequeña serpiente se escondió bajo una roca. Al llegar a lo alto del cerro, el capitán tiró de las riendas de *Ventisquero*. El día, claro y despejado, permitía ver muy lejos, y allá, a las espaldas, se divisaba Piedra de los Caballeros, a los pies del castillo de Monroy, y en otra dirección, hacia el norte, se distinguía la mancha clara de Villatoros, rodeada de vides y olivos y campos de trigo y cebada, y más a la derecha, en el borde del río, junto al puente romano, Torrelanceros. Los viñedos de Monroy, que producían un rico vino tinto, proporcionaban una sensación de orden y riqueza. Bajaron el cerro, pasaron junto a un lugar en el que había trazas del paso de jabalíes, y al poco llegaron a la fuente, en cuyas inmediaciones crecían los castaños centenarios que le daban nombre. Un chorro de agua brotaba entre unas rocas y formaba un minúsculo riachuelo que se perdía cuesta abajo. El capitán descabalgó, y premió a *Ventisquero* con un puñado de avena. El caballo, agradecido, frotó su cabeza contra el hombro de su dueño.

Mientras las bestias desensilladas abrevaban a la sombra de los grandes árboles, amarradas a uno de ellos, el capitán Miguel reconoció el lugar, lleno de recientes pisadas de hombres y caballos. Aún había alguna mancha de sangre donde don Ramiro había muerto. Buscaba alguna pista, alguna inspiración, pero no la hallaba. Imaginó el cadáver, la lucha desigual, el miedo, la llegada del conde de la Espiga, un hombre alto, de porte majestuoso y recia voz, su rostro desencajado al conocer la desgracia, las lágrimas y gritos de la madre, los juramentos, los gestos de impotencia y desesperación…

Le pareció distinguir algo de color en el terreno, y se acuclilló para observarlo mejor. Era un trozo de tela azul desgarrada, seguramente un resto del jubón de don Ramiro. Dio algunos pasos de aquí para allá, intentando explicarse qué había sucedido. ¿Había acudido a alguna cita? ¿Había sido engañado, le habían tendido una trampa? ¿Había sido todo fruto del azar, le asaltaron deseos de estar solo, de respirar el aire de la noche, de sentirse libre, cabalgó sin rumbo fijo, se alejó más de lo prudente del campamento y fue atacado por unos lobos o por unos perros asilvestrados?

—¿No tiene hambre apetito vuesa merced señoría?

—Y sed.

—Pues pongamos pronto remedio solución a ello, mi capitán.

Benito sacó de las alforjas un trozo de carne en salazón, un pan y dos manzanas. Después de beber rellenó la cantimplora con el agua del manantial. Cuando ya sólo le quedaba la manzana, Miguel se la ofreció a su caballo, el cual, excitado, se la arrebató de un bocado. Los enormes dientes del animal inspiraban respeto. Un año atrás, en una batalla, Miguel había visto cómo un caballo enloquecido mataba de un mordisco a un hombre. Era su instinto noble y manso y no el tamaño de sus dientes lo que hacía que los caballos raramente resultaran peligrosos, aunque siempre conviniera ponerse lejos del alcance de sus cascos: también había visto a un aldeano con el cráneo partido por una coz. Imaginó a don Ramiro pereciendo a mordiscos de su caballo, y desechó la disparatada idea casi con una sonrisa. Vio entonces algo rojizo que centelleaba junto al manantial, entre la hierba y el barro que *Ventisquero* acababa de remover al piafar cuando vio la manzana. Se acercó. Era un rubí. Apartó el barro, y quedó al descubierto una daga de doble filo, con la empuñadura de plata cuajada de piedras preciosas. La lavó en el agua y la escondió entre las ropas. ¿Pertenecería a don Ramiro? Algo estaba claro: no era arma de villano. Pensativo, se volvió hacia su criado.

—Ensilla las monturas.

—¿A casa? —preguntó Benito, esperanzado.

—No. A esa cabaña.

A cosa de media legua se veía un chamizo de adobe, el refugio de un pastor, no lejos de un remanso del río. El techo estaba cubierto con retama, asegurada con piedras para que no la volara el viento. Cerca pacían unas cuantas ovejas a las que ya había vuelto a crecer la lana.

—Pero... —dudó Benito—. Eso es tierra del marqués de Hambrán, no muy lejos andará el Castillo Negro macabro. ¿Ha obtenido vuesa merced licencia para visitarla?

—No, pero cualquiera puede desorientarse, y si hay algún incidente cuento con el apoyo de Monroy.

—Ya sabe lo que se dice asegura —rezongó el muchacho, mientras subía la silla a la grupa del caballo.

—No, no lo sé —replicó Miguel, haciéndose el inocente.

—*Labriego que entra, o vuelve sin apero o no sale entero* —recitó Benito, abrochando la cincha, que aseguraba la silla al caballo—. Y eso si tiene fortuna. En sus tierras encontraron a la mayor parte de esos diecisiete desgraciados malhadados.

—Yo aún no había nacido entonces, y tú menos.

—Pero fue tan horrible que nadie lo olvida, y a los mocosos se les sigue contando para que tengan miedo y sean obedientes dóciles.

El capitán Miguel montó mientras Benito ensillaba ahora su mula.

Cabalgaban en silencio. Una pareja de perdices se escondió entre unas matas. Unas pocas nubes, dispersas y leves, manchaban el cielo azul. Cuando estaban a unas cien varas de las ovejas vieron al pastor, puesto en pie y protegido del sol por un sombrero de paja. Había estado sentado, tapado por unas rocas. Les mostró un conejo. A su lado, echado, había un mastín, con las orejas y el rabo recortados. En el cuello llevaba una carlanca, un collar de cuero con puntas de hierro para protegerlo de los mordiscos de los lobos.

Cuando llegaron a su altura, el hombre alzó la presa.

—¿Tienen hambre vuesas mercedes? Lo vendo barato.

—Gracias, ya hemos comido.

—Pues será para mí.

Dicho eso, lanzó un silbido hacia la cabaña, y después prendió unas hierbas secas, sobre las que había algunas ramas, encerradas en un círculo de piedras. Un niño llegó a la carrera, vestido con un sayo y calzado como el padre con unas abarcas. El pastor sacó un cuchillo e hizo un corte en el lomo del conejo.

—Cerca de aquí murió un muchacho hace dos días —dijo Miguel.

—Los lobos están muy atrevidos este año —el hombre señaló a su mastín con el cuchillo—. Tiene una pata herida, pero me salvó las ovejas.

El niño agarró el conejo por las patas traseras, y el hombre tiró de la piel. El conejo se iba quedando desnudo, rojo y reluciente. El capitán Miguel vio, por la abertura trasera del sayo, que el niño tenía la espalda salpicada de pústulas secas.

—¿Fueron lobos?

—¿Qué otra cosa si no?

El pastor hizo una incisión en el estómago y volteó el conejo desollado como si fuera una honda. A la tercera vuelta las tripas del animal salieron volando.

—Tuyas, *Chasca*.

El mastín, rápido, se levantó y corrió cojeando ligeramente a comerse las entrañas del conejo. Mientras, el niño arrancaba un poco de tomillo.

—¿No oyó ni vio nada esa noche vuesa merced?

—No paraba yo por aquí. A la hermana de *Chasca* la picó una víbora y murió.

Miguel supo que nada iba a sacar de aquel pastor.

—Quede con Dios, buen hombre.

El capitán golpeó con los talones los flancos del caballo, pero en lugar de dirigirse hacia Piedra de los Caballeros, siguió adentrándose en las tierras de Hambrán. Benito picó espuelas y se puso a la altura del capitán.

—Señor —dijo—, que se ha equivocado de rumbo dirección.

—Vamos, Benito —sonrió Miguel—. ¿Tanta prisa hay por volver a casa?

El capitán oyó unos pasos precipitados y giró el cuello. Se acercaba a la carrera el hijo del pastor. Tiró de las riendas del caballo y aguardó a que el muchacho llegara. Cuando lo hizo, se quedó parado, mirándoles con la boca abierta.

—¿Qué quieres, muchacho? ¿Una moneda o decirnos algo?

Pero el chico permanecía en silencio, como petrificado. A la vista estaba que no tenía muchas luces. Compadecido, Miguel echó mano de la bolsa, sacó un real de plata y se lo lanzó. El niño intentó cogerlo al vuelo, pero la moneda chocó en su palma y cayó entre las hierbas. Se lanzó tras ella, la recogió y la mostró, orgulloso y sonriente. El potente silbido del pastor cortó el aire.

—Bonita forma de tirar el dinero y desperdiciarlo derrocharlo —observó Benito, mientras el muchacho acudía presuroso a la llamada.

—No he visto yo que la moneda haya caído en un saco roto —replicó Miguel—. ¡Vamos!

Y sin atender las protestas de su criado, puso a *Ventisquero* al galope. Jinete y caballo, como formando una sola pieza, volaban sobre el campo. Entraron en una dehesa en la que una gran piara se dispersaba entre las encinas, buscando las primeras bellotas. Ya no estaban lejos del castillo de Hambrán. No vieron al porquerizo, que seguramente estaría sesteando a la sombra de alguno de los árboles. Miguel trotó al encuentro de un carro cargado de toneles que se acercaba por el camino, levantando polvo. Un arriero solía constituir una buena fuente de información. Iban de aquí para allá, habitualmente solos, y cuando se cruzaban con alguien tenían ganas de soltar la lengua e intercambiar chismes y nuevas.

—Buenas tardes tenga vuesa merced —saludó Miguel, cuando llegó al costado del carro.

Los bueyes, cubiertos de sudor, eran sometidos por las moscas a su habitual tortura. Miguel espantó con la mano algunas que se habían posado alrededor de los ojos de su caballo.

El arriero, como respuesta, blasfemó, y Benito, conteniendo su indignación, se santiguó.

—Esos bueyes necesitan beber —opinó Miguel—. ¿Los lleva a la fuente de los Castaños?

—Buena fuente esa, sí —el carretero escupió—. Pero mala de lobos. Ha dos días mataron a un mozo, un noble.

—Eso he oído —dijo Miguel, prudente.

—Son los lobos negros —afirmó el hombre.

—¿Qué lobos negros?

El hombre adelantó un poco el cuello, agachando la cabeza, y Miguel pensó en un buitre.

—Los de hace veinte años, de cuando yo era joven. Que se han vuelto a desatar. Pero ahora matan marqueses a más de zagales.

—¿Y de dónde se han escapado esos lobos negros?

—El marqués de Hambrán tiene en el Castillo Negro perros encerrados, con bozales para que no se maten entre ellos, porque siempre tienen hambre. Los perros de Hambrán tienen hambre —rio mostrando varios huecos entre sus dientes—. El perrero apenas les da de comer porque así cazan mejor, dice. Por la noche aúllan como lobos. Pero esos no son los lobos negros.

—¿No? —preguntó Miguel, para que siguiera.

El carretero se había llevado un canutillo a la boca y echaba humo. Benito lo miraba con espanto.

—Yo vi esa noche al lobo negro y mordedor.

Volvió a jurar y blasfemar, y Benito se persignó.

—¿Dónde?

—A una jornada de aquí. Entremedias del olivo muerto y la cueva del Alma en Pena, así la llamamos yo y otros.

—¿Y qué hay allí?

El arriero se encogió de hombros. Tenía la piel acartonada, de tantos años de exposición al viento y al sol.

—Nadie se atreve a entrar. Dicen que hay un espíritu que blasfema, aúlla y gime en las noches de tormenta. A más, muy prohibido lo tiene el marqués.

Miguel escuchaba con atención, esforzándose por discernir qué había de fantasía y qué de realidad en las palabras del carretero.

—¿Y cómo era ese lobo negro, además de mordedor?

—Enorme y fuerte y malo. Pero no vi mucho, porque me escondí. Oí sus pasos, como de caballo, tan grande era.

—¿Y dónde queda esa cueva?

Miguel alejó nuevamente las moscas que se posaban una y otra vez en su cara y alrededor de los ojos de su montura, que cabeceaba, molesta, mientras con la cola espantaba las de las ancas.

—Media jornada a caballo, una para mis bueyes. Es cerca del Castillo Negro. Por este camino, hasta la cruz. Allí se toma al este y se sigue hasta la ermita. Luego, por el camino de tierra roja a trechos. Cuando se llega al monte, se sube. Abajo, sobre un recodo del río, por allí es.

—Gracias. Que la paz sea con vos, buen hombre.

El carretero azuzó a los bueyes con el látigo y con unas cuantas palabrotas, y continuó su camino.

Benito se persignó, y cuando estuvo bien seguro de que el arriero ya no podía oírle, estalló:

—¿¡Pero ha visto vuesa señoría merced qué gran pecador y brujo hechicero era ese mentecato hombre chimenea!? ¡Que echaba humo por la boca y las narices como un diablo endemoniado y blasfemaba cual Judas Satán!

—Pero ¡pazguato! —lo amonestó divertido el capitán—. ¿Es que jamás has oído hablar del tabaco que viene de las Indias, ni has visto la planta adornar los jardines? Eso que hacía se llama chupar o tomar humo y no es cosa de brujería, se prende una hoja y se aspira el humo y luego se expulsa. Aunque marea y emborracha un poco y hace toser y pica la garganta, y a mí ni una pizca me place, nada tiene que ver con Lucifer, alma de cántaro, e incluso algunos dicen que es buena medicina para los asmáticos.

Benito, no muy convencido, permaneció un rato rumiando, al cabo del cual tornó a hablar.

—¿Qué sabe vuesa docta merced de ese Castillo Negro tan célebre y tan macabro? Miedo terror no tengo, pero no me gusta un pelo.

—Es un castillo levantado con piedra volcánica, negra, traída de lejos en barcos y carretas —respondió el capitán—. Lo mandó construir, cuentan, el segundo marqués de Hambrán, hace cientos de años, como lugar de recreo. Tampoco yo lo he visto nunca. Dicen que cuando está seco tiene el color de la ceniza, y que cuando llueve brilla y se ennegrece como un cuervo. Dicen que está medio abandonado, y que sólo el marqués y sus perros lo habitan de vez en cuando.

—No vamos a ir a ese castillo ni a esa cueva gruta, ¿verdad? —dijo el criado, entre temeroso y esperanzado—. Con ese lobazo negro vagando por aquí no es buena idea pasar noche al raso intemperie.

—No. Regresamos. Pero iré mañana. Quizá alguien más haya visto a ese lobo negro.

El capitán y Benito pusieron rumbo a Piedra de los Caballeros. Miguel se metió la mano bajo el jubón, para tocar la daga encontrada entre el barro, y lanzó a su caballo al galope. Con miedo a rezagarse, Benito lo seguía a duras penas, espoleando su pobre mula e imaginando que unos enormes lobos negros lo perseguían para comerlo devorarlo.

7
Maese Martín y el ladrón cojo

Durante un rato fueron al paso para dar un respiro a las monturas, especialmente a la mula, menos fuerte y veloz que *Ventisquero*. En un sembrado un conejo se les quedó mirando. El capitán cargó su pistola, metiendo por el cañón la pólvora, la bala y el taco, que apretó con la baqueta. El conejo continuaba sin espantarse, apenas a cinco pasos. Miguel apuntó y disparó. Tuvo que mantener la puntería durante unos segundos, hasta que se produjo la detonación. El conejo pegó un salto y quedó tendido en el campo. Benito descabalgó y lo levantó de las orejas. Sus ojos brillaban sin vida, como cuentas de vidrio.

—Pobre—se compadeció—. ¿No le apena a vuesa merced matar una criatura tan mansa? Todos los conejos animales son obra del Señor Altísimo Todopoderoso que Todo lo Puede.

—Sí, pero bien que te gusta comerlo —replicó Miguel, burlón—. Y supongo que para comerlo hay que matarlo primero, ¿o preferirías zampártelo vivo?

—¡Ave María Purísima! —se escandalizó Benito—. ¡Que no soy un caníbal antropófago de las Indias!

Miguel sonrió. Había noticias de que en las Indias abundaban los caníbales, y de que más de un español había sido devorado por los indígenas. Se decía, incluso, que a alguno le habían arrancado y comido el corazón estando vivo.

—De todas formas alégrate, no serás tú quien cate esta obra del Señor.

—¡Pero qué alegrarme, si yo no he dicho que no quiera catarle ni hincarle el diente! —protestó el criado, metiendo el conejo en una alforja.

—Ni yo he dicho que no quieras, sólo he dicho que no lo harás.

Por el camino el capitán cazó dos conejos más, y llegaron cuando aún faltaban un par de horas para el crepúsculo.

—Ocúpate de las caballerías, y luego prepárame un baño y ropa limpia.

—Que ya se lavó vuesa merced el martes pasado —objetó Benito—. ¡Que le va a enfermar enfebrecer esa mala costumbre de bañarse tan a menudo!

—Correré ese riesgo mortal.

—Sí, búrlese, capitán, pero el barbero bien claro me lo ha dicho advertido, el agua se infiltra en el cuerpo y lo daña debilita, y más a los niños.

—Entonces puedo respirar tranquilo, que ya no soy un niño. Y tú, Benito, ya que te atemoriza más el agua que un dragón abrasador, al menos frótate las axilas con alguna planta aromática, ¿o el ilustre barbero también desaconseja esa práctica?

—No huelo peor que otros —contestó Benito, ofendido—. Y ya me lavé en el río en agosto, que fue cuando vi a Crispina desnuda en cueros y enamoradillo me quedé. Y los conejos, ¿los cocino preparo?

—No. Déjalos tal cual.

El capitán Miguel se dirigió al castillo. Tenía la secreta esperanza de ver a Rosalba, aunque no era ése el motivo que guiaba allí sus pasos. Estaba cansado, pero después de tanto cabalgar quería andar un poco. En el patio de armas unos niños jugaban a perseguirse, mientras otro se entretenía arrancando las patas a un saltamontes. Iba a dirigirse a la armería, de la que provenían los sonidos metálicos que cruzaban el patio, cuando vio que don Julián y el señor de Monroy conversaban cerca de la entrada a la torre del homenaje. Repararon en él, y el mayordomo le hizo un gesto para que se aproximara. Miguel fue hasta ellos.

—¿Algún progreso en la investigación, capitán? —preguntó Monroy.

—Aún es pronto —contestó, prudente, Miguel.

—Pues que no se haga tarde. El conde de la Espiga quiere que se ajusticie a alguien. Con razón o sin ella, desea pagar la sangre de su hijo con sangre. Me he comprometido con él a organizar una cacería de lobos. Y si ha sido un hombre, a apresarle y darle el castigo que él pida, que no será suave ni grato de contemplar.

—Antes de que se me olvide —intervino don Julián—, ya están dadas las órdenes para hacer el corral. Estará listo dentro de dos días.

—Capitán —dijo Monroy—, vuesa merced está invitado a la cacería. He oído que con la lanza no hay otro como vos.

—Exageran —replicó Miguel.

—También quería decir —volvió a hablar don Julián— que ya está todo preparado para que pasen la noche en el palacio.

—Qué manía de ir allá, con lo bien que se está acá —refunfuñó Monroy.

—Vuesa merced podría negarse al traslado, si le disgusta —opinó el mayordomo—. Pero accede a todos los caprichos de Rosalba.

—Es difícil decir que no a esa muchacha —se justificó Monroy.

—Con la venia —se despidió Miguel.

Algo preocupado por las ansias de venganza del conde de la Espiga, pero satisfecho por lo que había oído sobre el traslado de la familia de Monroy al palacio, Miguel entró en la armería.

Reinaba un calor de mil diablos, y maese Martín, los musculosos brazos desnudos y cubiertos de sudor, golpeaba con el martillo una pieza metálica al rojo vivo en forma de U, sobre un yunque apoyado en un gran tronco empotrado en el suelo. A los pies del tronco había un balde con agua para enfriar y templar el hierro. El maestro armero sostenía la futura herradura con unas tenacillas. A los golpeteos metálicos se añadía el fragor de la fragua y el resuello de un gran fuelle doble, que Expósito, el ayudante del armero, un mozo de trece años con los ojos enrojecidos por el humo, accionaba levantando y bajando su gran mango. Expósito se llamaba así porque recién nacido había sido abandonado a las puertas de un convento. A los ocho años había tenido la suerte de ser adoptado por maese Martín, cuya esposa había muerto de fiebres tras parir a su tercer hijo. A cambio, ayudaba desde esa edad en la armería, y con el tiempo se convertiría en oficial. Fermín, el hijo mayor, que contaba ya quince años, hacía girar con un pedal la piedra de amolar, contra la que chirriaba, afilándose, una espada. Los tres llevaban gruesos delantales de cuero para protegerse de las chispas.

—Si venís por un nuevo encargo, hacedlo la semana que viene —tal fue el malhumorado recibimiento del herrero y armero—. Con lo que hay ya tengo bastante.

—No se queje, maese Martín, que mejor es tener tarea que pasar hambre y verse obligado a limosnear —replicó Miguel—. Pero no es a dar trabajo a lo que vengo.

—Pues si viene a refrescarse, se ha equivocado de sitio, pero si viene a respirar humo y sudar, ha elegido sabiamente.

Sobre una tabla, y en unas baldas, había tenazas, alambres, cizallas, clavos, cadenas, cerraduras, bisagras y otras piezas e instrumentos en aparente desorden. En un rincón descansaban un par de grandes ruedas de madera, a las que maese Martín debía colocar las llantas de metal. En las paredes se apilaban diversas armas, reparadas o por reparar, desde lanzas hasta ballestas, espadas, escudos, yelmos y cotas de malla. En el suelo, junto a las ruedas, se hallaba una bolsa de cuero repleta de abrojos, hierros con cuatro puntas, una de las cuales, si se arrojaba el abrojo al suelo, siempre quedaba hacia arriba, presta a herir pies de hombres y bestias.

—Tengo que herrar cinco caballos, reparar puntas de flecha, yelmos, lorigas, voy retrasado con esas ruedas, afilar puntas de lanza, todo ya, para esa cacería, me traen armas oxidadas que podían haberme traído hace dos meses, espadas melladas, mangos de lanza astillados, arcos con la cuerda partida, ¿va a decirme a qué viene vuesa merced, o he de convertirme en adivino?

—Venía discutiendo con un compañero —dijo Miguel—. Yo sostenía que, al igual que un montero distingue los diferentes tonos de los ladridos de su perro, o lee en el terreno las huellas de los animales, un maestro armero sabría decir muchas cosas de un arma, y él sostenía que los armeros no saben ver más allá de sus nari…

—Ese compañero de vuesa merced —le interrumpió iracundo el herrero, metiendo en el agua la herradura, que al contacto con el líquido produjo un silbido y una nube de vapor—, mejor estaría con la boca cerrada.

—Me dio esta daga y me pidió que mañana le dijera algo de ella. Saque algo en limpio de esta arma blanca vuesa merced, para que yo le cierre la boca.

Miguel le dio al herrero la daga. Maese Martín la estudió con ojo experto.

—Es un trabajo fino. Mirad la pequeña marca, justo donde la hoja su une con la guarnición. Es de Milán. Acero de primera, casi como el de Toledo. Y esas piedras, yo diría que son de las que traen las caravanas que cruzan los desiertos de Asia. Esto vale más que todo lo que lleva vuesa merced junto, añadiendo su caballo.

—¿Y a quién puede pertenecer?

Maese Martín se encogió de hombros.

—A un trasquilador seguro que no. Preguntad a vuestro compañero. Pero esto es trabajo italiano y antiguo, mirad el engarce de las piedras. Esta de aquí se soltó, pero volvió a ser engastada con mucha habilidad.

El armero acercó el arma a los ojos de Miguel, quien se encogió de hombros.

—Yo no sé leer como vos en la labor de un armero.

Maese Martín le devolvió la daga con un gesto de suficiencia.

—O vuestro amigo ha vivido cien años en Italia, o la ha heredado, o la ha comprado a sus antiguos dueños.

—Gracias —repuso Miguel, guardando el arma—. Creo que con esto mi compañero reconocerá que no tenía razón.

—¿Participó en el Saqueo de Roma?

—No lo sé… —respondió Miguel—. ¿Por qué?

—Porque a lo mejor ni ha vivido cien años ni la ha heredado ni la ha comprado. El mundo está lleno de ladrones, hace dos noches, el martes, robaron aquí —maese Martín descargó furioso un martillazo sobre la herradura—. La noche en la que mataron al de la Espiga. Unos clavos de plata me robaron. Se me escapó, y eso que el tunante cojeaba. Unos clavos que me encargó Sebastián el carpintero, para unos muebles que se está haciendo Estébanez.

Estébanez, judío converso, era uno de los comerciantes más ricos de la ciudad. Rivales envidiosos decían que compraba carne de cerdo para disimular, y que la daba en secreto a sus perros.

—Papá —interrumpió el hijo la narración—, no he entendido eso de la carne de cerdo, ni por qué se la daba a sus perros a escondidas.

—Verás, en 1492 los Reyes Católicos, Isabel y Fernando, expulsaron a los judíos de España, y los que se quedaron, hubieron de renegar de su religión y convertirse al cristianismo, por lo que fueron llamados conversos. Su religión les prohibía comer carne de cerdo, como a los musulmanes la suya, ¿lo entiendes ahora? Aunque esto da igual para nuestra historia.

—Y si da igual, ¿por qué lo cuentas?

—Porque a veces hay que poner algún adorno, algún vestido.

—Sigue, por favor.

Iba a salir Miguel de la armería cuando se fijó en una especie de U de hierro, cada uno de cuyos brazos tendría unos dos palmos, y antes de marcharse dijo, como obedeciendo a una misteriosa voz interior:

—Esa pieza curvada de ahí, ¿podríais hacerme una igual?

—Os la podéis quedar, que ya para nada me sirve y la he cobrado igual.

—¿Y un gancho con punta para clavarlo en piedra o madera, y que aguante bien un fuerte tirón de una cuerda? —dijo el capitán, sorprendiéndose de sus propias palabras, pronunciadas irreflexivamente, como si alguien o algo se las hubiera dictado.

El herrero tosió, se pasó el dorso del brazo por la frente para secarse el sudor, mientras sus ayudantes continuaban con su trabajo, aparentemente ajenos a la conversación, y le miró airado.

—Eso, mañana. Y os lo cobraré.

—Gracias, maese Martín. No os acaloréis, que el artesano vive de los encargos y no de los malos humores…

Y salió a toda prisa, para librarse de los improperios del herrero.

Caía el sol, se despedía la tarde, y el cielo era una mezcla de grises, amarillos, rosas y azules. Le parecía hermoso el mundo, al capitán Miguel, aunque fuera un lugar lleno de dolor y de trampas e injusticias.

Ya en su casa, se desnudó mientras Benito le preparaba el baño con agua caliente y perfumada. Gran parte de su muslo derecho lo ocupaba una mancha de nacimiento encarnada. Las partes rojas podrían corresponder al mar, y la piel de color normal, a la tierra. El capitán Miguel se entretenía a veces imaginando que tenía un mapa en la pierna, un mapa de tierras lejanas e inexploradas que él descubriría un día, llenas de peligros y tesoros y animales maravillosos.

Metido hasta el cuello en el agua de la tina de latón, cerca de la chimenea, empezó a leer el libro que le había prestado Rosalba a escondidas, la *Tragicomedia de Calisto y Melibea*.

Pero no podía concentrarse en la lectura, intrigado por el impulso que le había acometido de encargar una pieza en forma de herradura y un gancho. Cerró los ojos y se vio huyendo, no sabía de qué, y luego lanzándose desde una torre semiderruida a un abismo, agarrado a la pieza en forma de U, que se deslizaba por una cuerda. Y al fondo le aguardaba *Ventisquero*, y atrás abandonaba, atacado por la jauría, un penco flaco y viejo, en el que creyó reconocer a *Alabardo*, la montura de Sancho.

Abrió los ojos. Había permanecido todo el tiempo despierto. No había sido un sueño, sino una visión. Desconcertado, no sabía qué pensar de aquel extraño fenómeno, el capitán Miguel.

8
Ladrones en la villa de Monroy

Al rato de ocultarse el sol, cuando el tañido de las campanas ya había avisado a la gente de bien para que se aprestara a cenar, acostarse y decir sus rezos nocturnos, una sombra sigilosa salió de una de las casas de la ciudad. Las calles completamente vacías se hallaban en paz y en silencio, salvo por el cri-cri de los grillos y el desordenado croar de las ranas de alguna charca cercana. Callaban por el contrario los pájaros, dormían. Sólo la luna, que brillaba en un cielo punteado de pequeñas estrellas, rompía la negrura de la noche, y únicamente en contados portales algún farol esparcía una luz escasa y débil, que inmediatamente engullían las tinieblas.

Al pasar ante uno de esos faroles, la sombra se convirtió por un instante en una figura alta y bien proporcionada, cubierta por una túnica con capucha. Algo abultaba en ella, a la altura de la cintura. Se encontró con otra figura igualmente misteriosa, que venía de frente. Puesto que el otro avanzaba por el centro y no parecía dispuesto a desviarse, lo hizo nuestra sombra. No tenía ganas de reñir, y a esas horas quien por allí merodeara podría muy bien tratarse de un malhechor. Como el otro no hizo ademán de abordarlo, supuso que se trataba de alguien que llevaba intenciones tan pacíficas como las suyas. Nuestra sombra llegó a la muralla y se ocultó tras un contrafuerte. Casi inmediatamente se realizó el cambio de guardia. Aprovechando el relevo, cuando soldados y oficiales se distraían dando el parte e intercambiando bromas, salió de la esquina y con una habilidad pasmosa trepó por una parte de la muralla sumida en la más densa oscuridad, sirviéndose de los pequeños salientes de las piedras y de los reducidos huecos entre ellas. Era evidente que conocía los horarios de la guardia y el mejor momento para abandonar Piedra de los Caballeros sin ser advertida. Ya en lo alto, sin ponerse en ningún momento en pie, la sombra se descolgó por el otro lado y se dejó caer. Al pisar el suelo, flexionando las piernas, la capucha se movió, y si alguien hubiera estado allí, habría podido reconocer, gracias a la pálida luz de la luna, la nobleza de sus facciones masculinas.

Caminaba ahora por el campo, sin temor pese a la oscuridad reinante, aunque atento a los ruidos. Peor habría sido en una noche sin luna, y el puñal del cinto y su experiencia como soldado le proporcionaban la seguridad necesaria. Se dirigió, bordeando un sembrado, no sólo para no perjudicarlo, sino también para dejar las menos huellas posibles, hacia el palacio extramuros del señor de Monroy, a media legua de la ciudad. A su paso los grillos enmudecían, para retornar enseguida a su canto tan monótono como dulce y alegre. Ululó una lechuza, escondida entre las ramas de alguna encina o cobijada en algún hueco de su tronco, y una nube tapó la luna.

Llegó a la tapia del jardín de la villa y, tras escuchar con atención y comprobar que todo estaba en calma, la escaló. Aún había luz en la estancia de Rosalba. Los dos mastines de la casa de campo del señor de Monroy se acercaron a la carrera. Un animal hambriento es siempre más fiero y peligroso que uno saciado. Los perros se habían pegado al muro y gruñían roncamente, sin decidir aún si el recién llegado era enemigo o no. La figura corrió a lo largo del muro, alejándose de la casa. Abajo, los perros le seguían. Cuando ya estuvo a suficiente distancia, sacó del zurrón que abultaba la túnica dos conejos y se los mostró, sujetándolos por las patas. Uno de los mastines movió la cola, mientras el otro soltó un ladrido y saltó, intentando morder la pieza. Nuestro personaje la apartó y, antes de que los mastines prorrumpieran en más ladridos que pudieran alertar a los criados, arrojó los conejos lo más lejos que pudo. Los animales se lanzaron en su busca, y la figura corrió sin bajarse de la tapia, hasta llegar enfrente del palacio. Saltó. Corrió hacia la casa y cruzó sin detenerse el riachuelo de una zancada. La luz de la estancia de Rosalba se apagó en ese instante. Crecía en la pared, junto a la ventana, una enredadera cuyo tronco era más grueso que un brazo. Trepó por ella y por la ventana enrejada de cristal, que estaba entornada, vislumbró una figura clara que se reclinaba sobre una gran cama con dosel. La lumbre de la chimenea iluminaba la escena. Junto a la puerta, con un cirio, la doncella de Rosalba se despedía.

—Buenas noches, señora.

—Que la Virgen te guarde, Crispina.

Rosalba, de rodillas, las manos entrelazadas, la cabeza inclinada, se disponía a orar. Nuestra sombra miró en derredor. Todo estaba tranquilo, excepto por los gruñidos de satisfacción de los mastines, que seguían devorando los conejos.

—Pater Noster, qui es in caelis, sanctificétur nomen Tuum, adveniat Regnum Tuum, fiat voluntas tua, sicut en caelo et in terra...

Su murmullo, dirigido al cielo, le parecía al espía el canto de un ángel.

—Penem nostrum cotidianum da nobis hodie, et dimitte nobis debita nostra, sicut et nos dimittimus debitoribus nostris, et ne nos inducas in tentationem, sed libera nos a malo, amén.

Terminado el padrenuestro, Rosalba se santiguó. La sombra agarrada a la enredadera tomó aire. Pero antes de que empezara a recitar, la muchacha inició otra oración.

—Ave Maria, gratia plena, Dominus tecum, benedicta tu in mulieribus, et benedictus fructus ventris tui Iesus...

Inquieto, el intruso dudaba entre interrumpirla —lo cual le parecía doblemente irrespetuoso, con ella y con Aquélla a quien se dirigía— o arriesgarse a que volvieran los perros, quizá no suficientemente calmados por la comida.

—Sancta Maria, Mater Dei, ora pro nobis peccatoribus, nunc et in ora mortis nostrae, amen.

Y nada más acabar la hija de Monroy el avemaría, sin ni siquiera darle tiempo a levantar la cabeza y separar las manos o a iniciar una tercera oración, una voz cruzó la ventana, firme y queda a un tiempo.

—Nadie puede ser dichoso, señora, ni desdichado, sin que os haya mirado. Porque la gloria de veros en ese punto se quita cuando se piensa en mereceros...

Rosalba permanecía quieta, quizá asustada, como un animal que ha advertido una señal de peligro, o puede que emocionada, con el corazón latiéndole desbocadamente, y el espía recitaba la poesía, atento a su actitud, y echando de vez en cuando un vistazo hacia el lado por el que habían desaparecido los perros. Estaba seguro, aunque no pudiera verlo, de que la muchacha había enrojecido hasta la raíz de sus cabellos.

—Así que, sin conoceros, nadie puede ser dichoso, señora, ni desdichado...

Como temía, los mastines se acercaban a la carrera. Tenía que huir sin perder un segundo.

—*¡Sin que os haya mirado!*

El galán se descolgó por la enredadera y corrió hacia el muro. Uno de los perros comenzó a ladrar, y el otro le imitó. Las bestias ganaban terreno rápidamente, pero, por suerte, el muro estaba ya muy cerca. Oyó una voz.

—¡Quién vive!

De un salto, el intruso comenzó a trepar, al tiempo que arrojaba a sus espaldas el último conejo del zurrón. Un mastín se entretuvo con él, pero el otro saltó. El intruso levantó las piernas en el último momento, y sólo por medio palmo se libró de sentir en sus carnes los colmillos del perro. Oyó más voces, ruido de carreras, y le pareció distinguir de refilón el resplandor de una antorcha.

—¡Ladrones! ¡Ladrones!

Pero el galán ya corría por el campo como alma que lleva el diablo, y cuando estaba a unas doscientas varas del muro del palacio aminoró el ritmo de la carrera. Le pareció ver junto a unas rocas que dos ojos como brasas le acechaban. Miró con más atención, pero los ojos habían desaparecido, y sonrió pensando que eran imaginaciones suyas. Era valiente, sí, pero no inmune al miedo ni a las fantasías que propicia la noche.

Satisfecho de que la aventura se hubiera saldado sin consecuencias, excepto, confiaba, para el corazón de Rosalba, saltó la muralla aprovechando un nuevo cambio de guardia.

9
La dama y el caballero

Los primeros rayos del alba despertaron a Miguel. Estaba cansado, pues no había dormido mucho, pero no quería perder el tiempo. Se levantó y se lavó la cara con agua fresca, para despejarse más rápidamente. Mientras se vestía, oyó los cascos de un caballo, que se detenía ante su casa.

Al poco, su criado llamaba con los nudillos a su puerta.

—Adelante, Benito.

—Capitán, un mensaje del señor de Monroy.

—¿Escrito o de palabra?

—De palabra oral, capitán. Que se presente en su villa palacio al mediodía.

—¿Ha dicho algo del ajedrez?

—No, capitán.

—Entonces tenme a *Ventisquero* ensillado a la hora de costumbre.

—Descuide vuesa merced, que así será como que me llamo Benedicto Bendito.

Montado en su caballo, erguido, el rostro bronceado, el porte distinguido, el capitán Miguel hizo girar el cuello a más de una muchacha mientras se dirigía por la rúa de los Francos hacia la puerta de los Templarios. Se había levantado un día limpio y claro de principios de otoño, de agradable temperatura. El campo parecía sonreír, pero hay sonrisas que hielan la sangre. Era en ese mismo campo donde dos muchachos, uno rico y el otro pobre, habían encontrado recientemente una muerte horrible. Pese a su impaciencia, el capitán mantenía su montura al paso. Prefería llegar temprano antes que tarde, pero no quería adelantarse demasiado. Deseaba que el señor de Monroy le hubiera llamado por algo relacionado con su investigación, pues temía que el motivo fuera castigarle por haberse colado en su villa por la noche. Pasó de largo frente a las rocas junto a las que anoche había imaginado ver un par de ojos refulgentes como ascuas. Sonrió para sí. ¡Qué grandes amigas eran la imaginación y las tinieblas! Y volvió a sonreír, pensando que muy pronto el galán retornaba al lugar de su *crimen*.

Llegó a la puerta de hierro del muro, que estaba abierta. Los mastines, amarrados, ladraron al verlo. Hoy no traía ningún conejo para ellos. La traspasó. En el estanque se aburrían unos peces rojos. Pinos, encinas, cipreses, naranjos, limoneros, olivos y parterres se distribuían ordenadamente por el jardín. El riachuelo corría alegremente hacia el cercano río. Algún árbol se estremeció por la brisa. El aire estaba inundado por los cantos de diversas aves, melodiosos unos, estridentes otros. Servicial, la doncella de Rosalba le aguardaba.

—Buenos días, Crispina.

—Buenos días tenga vuesa merced.

El capitán descabalgó, y el mozo de cuadra se llevó a *Ventisquero* tomándolo de las riendas.

—¿Está ya preparada doña Rosalba?

—Le espera en su cuarto. Hoy no la exija demasiado.

—¿Y eso por qué, Crispina?

—No ha descansado bien. Ha habido intrusos esta noche —añadió bajando el tono, como si fuera una confidencia—. Y la pobre señorita no ha pegado ojo hasta casi el amanecer.

Entraron en el palacio. Hacía más fresco que en el exterior. El capitán siguió a la criada por las amplias escaleras de piedra que conducían a la primera planta. Llegaron a la puerta de la habitación de Rosalba. Crispina penetró en ella y el capitán permaneció en el umbral.

—Ya puede pasar vuesa merced —anunció la doncella.

El capitán entró. Rosalba, efectivamente, no había pasado una plácida noche, como delataban sus ojeras. Vestía de blanco y llevaba los cabellos recogidos. En la mesa estaba ya situado el tablero de nogal, con los sesenta y cuatro cuadrados pintados de blanco y negro. Las figuras, también de madera y barnizadas, finamente talladas, estaban dispuestas para el inicio.

El capitán recordó la primera lección, cuando enseñó a Rosalba, que entonces tenía diez años, a colocar las piezas, y le explicó cómo se movían, cuál era su valor y cuál el sentido del juego, y que los alfiles simbolizaban elefantes, las torres, castillos, los caballos, caballeros, y los peones, soldados de infantería. Por entonces Rosalba no era para Miguel más que una niña pequeña y mimada. En principio, quien iba a impartir las clases era don Julián, pero cuando Monroy se enteró de que Miguel, pese a su juventud, le había dado mate en veinte movimientos, decidió que fuera el joven quien se encargara de aleccionar a su hija. Al fin y al cabo, don Julián le era muy útil en otros muchos menesteres. A partir de entonces Miguel y Rosalba jugaban todos los viernes al ajedrez. Al principio Miguel le concedía una dama y una torre de ventaja, pero Rosalba aprendía rápido, y cuando ya tenía doce años, bastaba que le diera un alfil o un caballo para que ganara ella. Fue durante el transcurso de una de esas partidas cuando, hablando de libros de caballerías, Rosalba le propuso prestarle en secreto un volumen de la biblioteca de su padre, escondiéndolo en un hueco de la muralla del castillo que había descubierto persiguiendo una lagartija. Y fue durante una de esas partidas cuando Miguel sintió por primera vez que Rosalba ya no era una niña. Monroy le pagaba una pequeña suma por aquellas lecciones, pero bien sabía Dios que lo haría gratis.

—Prefiero jugar en el jardín —dijo Rosalba.

Miguel hizo una reverencia.

—Crispina, sacad el juego —ordenó Rosalba—. Y que lleven una mesa, dos sillas y limonada. Mi profesor y yo esperaremos fuera.

Miguel le ofreció la mano, pero ella la rehusó. Se fijó en sus muñecas, casi blancas por estar limpias y no exponerse al sol, y en las que destacaba el azul de las venas. Rosalba era de sangre azul, sí, pero bien había comprobado Miguel en el campo de batalla que la sangre de los duques y condes y marqueses y barones era tan roja como la de los destripaterrones. Pero en éstos, con la piel curtida, tostada y mugrienta, nunca se veían las venas azules, y por ello no se decía que fueran de sangre azul.

El capitán la dejó salir primero, y la siguió, contento porque ella lo había dispuesto de tal manera que estarían un rato a solas.

—Ayer escaló el muro un ladrón —informó Rosalba.

—Eso me ha contado Crispina.

—El muy traidor engañó a los mastines distrayéndolos con unos conejos.

Bajaban por la escalera, y el capitán guardaba una respetuosa distancia.

—Creo saber qué clase de pájaro era, pues reconocí su trino.

Rosalba se volvió para mirarle con intención, pero Miguel no se inmutó.

—¿Y qué trino era ése? ¿Era melodiosos y afinado, o chirriante y heridor? ¿Se trataba de un ruiseñor, señora, o era más bien de una urraca? —preguntó el capitán, sin mudar el gesto.

—Dudo. No sé si era un ruiseñor o un ruirrufián. Heridor, puede, aunque hería más el corazón que los oídos de quien lo escuchaba. Y me han contado además que es un pájaro que picotea aquí y allá, que baila con todas y que le gustan igual las cerezas que las uvas —agregó la muchacha, volviéndose nuevamente.

—Eso no es verdad —protestó Miguel, y se mordió el labio, pues su protesta equivalía a una confesión.

Rosalba rio. Salieron al jardín. Pasearon entre los árboles, las flores y los arbustos, hasta llegar al riachuelo. Un esclavo negro barría las hojas caídas. La conversación y el sonido que producía el agua al correr alegraban el corazón de Miguel.

—¿Y cómo sabéis que no es verdad, si no conocéis al pájaro? Os habéis puesto rojo como un… como un tomate.

Los tomates eran entonces tan raros como caros, y mucha gente, sin haberlos visto ni mucho menos probado, creía que eran venenosos.

—¿Habéis visto alguna vez un tomate, capitán?

—Sí.

—¡Cuántas maravillas hay en las Indias! —exclamó la muchacha, con aire soñador.

—Algún día os llevaré allí —prometió irreflexivamente el capitán, dejándose llevar por los deseos y no por la razón, y haciendo enrojecer a Rosalba.

—¿Y lo habéis probado? El tomate, quiero decir.

—No. Me han dicho que son algo ácidos, aunque mucho menos que los limones.

—El que yo probé me pareció más bien dulce... ¿Conocéis por casualidad, capitán, estos versos de Garcilaso? *Nadie puede ser dichoso, señora, ni desdichado, sin que os haya mirado. Porque la gloria de veros en ese punto se quita cuando se piensa en mereceros...*

—Son hermosos —dijo Miguel—, pero en mi vida los había oído. Que en paz descanse.

El capitán se santiguó, recordando la muerte del poeta soldado.

Una bandada de grajos cruzaba el cielo, dibujando la punta de una flecha, y Miguel recordó los peligros y las batallas, las heridas y la sangre, y pensó en lo extraño que era un mundo en el que se daban la mano lo hermoso y lo terrible. No podía quitarse de la cabeza a don Ramiro. Mirando a Rosalba y pensando en el cuerpo destrozado a dentelladas del muchacho, uno llegaba a la conclusión de que el Cielo y el Infierno coexistían en la Tierra.

—¿Miráis los pájaros? El que vino al jardín, fuera ruirrufián o ruiseñor, debería saber que un grajo no puede emparejarse con un gorrión, ni una paloma con un milano.

Miguel guardaba silencio, esforzándose por mantener una expresión despreocupada y risueña. Él sabía que ella tenía razón y que era locura soñar con convertirla en su esposa, pero ¿cómo se puede gobernar con la cabeza el corazón, si el corazón no atiende a razones?

Rosalba se soltó el pelo, y Miguel pensó que su actitud coqueta contradecía sus palabras. Soplaba una brisa que hizo que los cabellos de la muchacha se ondularan.

—Me habéis hecho pensar otra vez en Garcilaso, señora. *En tanto que de rosa y azucena se muestre la color en vuestro gesto, y que vuestro mirar ardiente, honesto, encienda el corazón y lo refrena; y en tanto que el cabello, que en la vena del oro se escogió, con vuelo presto, por el hermoso cuello blanco, enhiesto, el viento mueve, esparce y desordena…*

—*Coged de vuestra alegre primavera el dulce fruto, antes que el tiempo airado cubra de nieve la hermosa cumbre. Marchitará la rosa el viento helado, todo mudará la edad ligera, por no hacer mudanza en su costumbre* —terminó Rosalba.

—Ahora sois vos quien os ponéis roja como un tomate.

La muchacha le miró ofendida.

—Pues vos, en cambio, aún estáis muy verde.

Llegaban ya dos criados que traían las sillas, la mesa y la limonada.

—Al sol —mandó Rosalba. Y añadió, volviéndose hacia Miguel—. Si os place.

—Con vos me placen por igual el sol y la sombra, que el sol me parece sol y la sombra también.

Llegó Crispina con el tablero y las piezas, y empezaron la partida. La criada no se alejaba más de cinco pasos de su ama. Rosalba se había negado a tener alguna ventaja, y el capitán le brindaba de vez en cuando algún consejo, considerando que para eso le pagaban.

—Atenta a mi alfil, señora, que os puede poner en apuros… No, ahí tampoco está a salvo, fijaos en la torre… Si avanzo el peón, amenazo a un tiempo el caballo y la dama…

La partida discurría igualada, hasta que Rosalba perseveró en un error, pese al aviso del capitán, y su dama quedó a merced de un caballo rival. La muchacha frunció el ceño, mordiéndose el labio inferior.

—¿Puedo rectificar?

—Mirad que os advertí que os anduvierais con cuidado. Habéis soltado la pieza, señora, y es mi turno ahora.

—Habláis con poética rima, mas sois inflexible —dijo Rosalba, con voz melosa y lastimera—. ¿Seguro que no me dejáis rectificar?

Pero el capitán no se dejó ablandar.

—Soy justo, señora, y desde la primera hora os trato como a una dama fuerte e inteligente, y no como a una niña consentida y negligente.

Tras ese despiste, el juego estaba decidido y Rosalba, que no quería rendirse, esperando quizá un fallo de su rival, movía las piezas con un mohín de disgusto pintado en su cara. Miguel se fijó entonces en que Monroy les observaba desde la entrada del palacio, y tuvo la impresión de que lo hacía desaprobadoramente. El noble bajó las escaleras para ir a su encuentro, acompañado de don Julián. Antes de que llegara, en un susurro para que no lo oyera su criada, y aprovechando que ésta estaba de espaldas, atenta a las labores de una abeja entre las lavandas, dijo Rosalba:

—¿Me habéis ganado, capitán, o me he dejado ganar? Discurrid: ¿ha sido casualidad que una dama se rinda a un caballero, o se adivina en ello un mensaje galante?

—¿Por qué os burláis de mí, Rosalba, si sabéis que yo también conozco la ley humana y natural que dicta que un grajo no puede casar con un gorrión?

—Porque el osado se arriesga a ser castigado.

Pero no pudieron hablar más, pues el padre de la muchacha y el mayordomo estaban ya cerca. Tras los saludos de cortesía, dijo el señor de Monroy, haciendo realidad los malos presagios de Miguel:

—Capitán, hoy ha sido vuestro último día como maestro de ajedrez de mi hija. Rosalba ya no es una niña, y don Julián se ha ofrecido voluntario para sustituiros —por la expresión de sorpresa del rostro del mayordomo, Miguel supo que acababa de enterarse de su ofrecimiento «voluntario» para relevarle—. Él os pagará lo que se os debe, más un suplemento por estos cuatro años de servicio sin tacha.

Rosalba, tras hacer una reverencia, se retiró sin protestar.

—Así tendréis más tiempo para vuestras pesquisas —continuó el castellano—. ¿Cómo van? ¿Progresan?

—Tengo una idea —respondió el capitán, que aún estaba encajando el golpe—, pero ninguna prueba ni certeza.

—Pues apresuraos si queréis llegar a la meta. Esta noche se ha cometido otro crimen. Han encontrado en mis tierras al salir el sol el cadáver del hijo mediano del panadero, es como si el asesino se acercara cada vez más a las murallas de la ciudad. Había cumplido catorce años hace dos semanas. Tenía la cabeza casi completamente separada del cuerpo, el cuello abierto por una bestial dentellada. Y como en el caso de don Ramiro, parte de la pierna había sido devorada o arrancada. Mis criados han rastreado el lugar y no han hallado ninguna pista, ni huellas ni objetos. Por fortuna, el marqués de Hambrán ha encontrado ya un sospechoso, que ha confesado el crimen de don Ramiro, y me ha pedido que os lo comunicara. Está en las mazmorras del castillo. Id a interrogarle, ya he mandado traer vuestra caballería. Si también vos le encontráis sospechoso, se le acusará de las tres muertes.

—¿Pero acaso no ha confesado? —preguntó el capitán.

—De la Espiga participó en los interrogatorios, y con sus métodos una mariposa podría confesar tener el aguijón de una avispa. El padre de don Ramiro clama venganza, e igual le dará verter sangre inocente que criminal, con tal de calmar su furia y dolor. Tenemos poco tiempo, capitán. Si no se resuelve esto dentro de una semana, tendré problemas. El conde tiene muy buenas relaciones en la corte.

—¿Se ha sabido algo del ladrón de anoche, don Julián?

Llegaba ya el caballerizo, sujetando por las bridas a *Ventisquero*.

—Se esfumó —respondió el mayordomo—. Nadie lo vio. Parecía dirigirse hacia la ciudad, pero sus huellas se perdían en el roquedal.

—¿Y se ha echado algo en falta?

—Nada, mi señor. El bribón fue descubierto a tiempo.

—Son tiempos revueltos... —suspiró Monroy—. Como si aún flotara en el aire el espíritu rebelde de los comuneros... ¡Ay Padilla y Bravo y Maldonado! ¡Ay mi buen amigo, el condestable Pablo de Córdoba! Dicen que pereció tras la batalla de Villalar, que se despeñó su carro con él y con su hijo y con su esposa embarazada...

Se alejaban, conversando. Miguel montó, y su corcel piafó, impaciente. El capitán le hizo caracolear, palmeó su cuello y se inclinó, para susurrarle al oído.

—Tranquilo, *Ventisquero*, tranquilo, que ahora vas a correr.

En ese momento llegó, caminando tan deprisa que su vestido blanco volaba, Rosalba, sin dejar de lanzar miradas hacia su padre, que se perdía en el jardín con don Julián. Traía el rostro encendido, los labios entreabiertos.

—Tomad —dijo, al llegar a la altura de Miguel. Con la mano extendida, le ofrecía un fruto rojo y brillante—. Como despedida y agradecimiento por vuestras lecciones de ajedrez.

—Gracias, señora —Miguel alcanzó el tomate—. Os habéis vuelto a poner roja.

—En el tomate es signo de maduración.

—¿Y en una dama?

Rosalba bajó los ojos, y sus largas pestañas recordaron un abanico.

—De confusión.

Y dicho eso, se dio la vuelta y se alejó rápidamente. Mientras la veía alejarse, Miguel mordió el tomate, y se acordó de Adán probando la manzana que le ofrecía Eva. El jugo corrió por su barbilla. La piel era dura, y la pulpa se deshacía en su boca, derramando un sabor intenso, desconocido y fuerte, con un toque ácido. Rosalba subía ya las escaleras del palacio. Miguel hizo girar a su caballo, y nada más cruzar la puerta lo puso al galope.

Sabía que debía concentrarse en resolver la muerte de don Ramiro y la aún más reciente del hijo del panadero, pero todo en él era excitación y locas esperanzas. ¡No era noble, no, pero también sus venas eran azules, como bien se apreciaba cada vez que tomaba un baño!

10
Un cojo en las mazmorras y un encargo misterioso

No paró de galopar hasta llegar a los límites de la ciudad. Rodeó sus murallas para ir directamente al castillo. La flecha de la veleta de una torre de la iglesia de San Antón parecía apuntar a una cigüeña que anidaba en lo alto de un palomar. El oficial de la guardia tenía orden de permitirle acceder a la mazmorra. En la mesa de su puesto había una piel de lobo y una calavera completa del mismo animal.

—¿Qué es esto?

—Las pruebas —respondió el oficial—. Se encontraron en la choza del asesino. Confesó que algunas noches se disfrazaba de lobo, aullaba a la luna y buscaba mozos para despedazar. Con eso —señaló las mandíbulas del lobo— infirió las mortales heridas a don Ramiro. Afirma que su sangre azul era más dulce que la roja de los villanos y campesinos.

El capitán Miguel hizo una mueca de incredulidad. Imaginó a un hombre vestido con la piel de lobo, y abriendo y cerrando las mandíbulas de aquella calavera para asestar un mordisco mortal. ¿Y semejante disparate iba a servir de prueba para ajusticiar a un desgraciado? ¿No se les había ocurrido una superchería más verosímil al marqués de Hambrán y al conde de la Espiga?

Acompañado por un soldado bajó al sótano de la torre del homenaje, donde reinaba la humedad. El carcelero le abrió la mirilla de la mazmorra, antes de entrar. Pegado a uno de los muros había un hombre arrodillado, con las manos atrapadas por un cepo. Sus harapos estaban mojados. Un fuerte temblor sacudía su cuerpo a intervalos. Miguel entró, y al oír el chirrido de los goznes de la puerta el reo giró la cabeza y estornudó. Su aspecto era deplorable, y su frente brillaba de sudor, por la fiebre. Estaba pálido, pero la nariz la tenía roja.

En una esquina se extendía un montón de heno. La única ventilación provenía de un ventanuco en la pared pegado al techo, por el que apenas se colaba la luz, y apestaba a una mezcla de vómito y excrementos. Había un cubo, para que el prisionero hiciera sus necesidades.

—Soy el capitán Miguel Navarro. Se os acusa de haber asesinado al hijo del conde de la Espiga, a otro mozo y quizá también al hijo del panadero, cuyo cadáver ha sido hallado esta mañana.

—No he matado a nadie —protestó el prisionero, con voz débil—. Por caridad... Una manta...

—Pero habéis confesado.

—Me han metido la cabeza y las narices y la boca y los ojos en ese cubo y... A la quinta vez, dije lo que querían que dijera...

En ese momento entró el carcelero con un balde lleno de agua. Se acercó al montón de heno y lo volcó sobre él.

—El conde de la Espiga me ha prometido una recompensa por tratarle como se merece —manifestó, antes de salir.

El acusado gemía quedamente. Miguel pensó que podía desmayarse en cualquier momento, y su estado le hizo acordarse del horrible espectáculo que había contemplado cerca de Orán.

Escondido con un alférez y un arcabucero tras unos matojos, había visto cómo una balsa con cuatro soldados arribaba a la orilla. Habían naufragado o su nave había sido hundida por los piratas. Llegaron a tierra firme tambaleándose, sin fuerzas para nada, al borde de exhalar el último suspiro, tropezando y cayendo y levantándose penosamente o continuando a gatas. Y vaya si lo exhalaron. Les aguardaban treinta sarracenos, que se acercaron tranquilamente y los degollaron sin que opusieran más resistencia que una oveja. Los tres, Miguel, el alférez y el arcabucero, lloraron de lástima e impotencia.

—Si me dais comida y ropa seca y una manta, juraré justo lo contrario… Y si me sacáis de aquí, juraré por la mismísima Virgen que yo planeaba matar al Papa y a todos los cardenales de Roma con esa quijada de lobo que mis ojos no habían visto hasta hoy.

Los náufragos de la costa africana no tenían fuerzas ni para hablar. Este no estaba tan mal.

—¿Dónde estabais la noche en la que mataron al muchacho? La noche del martes.

El miserable guardó silencio.

—Quiero ayudaros —dijo Miguel—. Pero si no contestáis, nada podré hacer.

El desgraciado se obstinaba en su silencio, y el capitán, pensando que debía tener un buen motivo para hacerlo, tuvo una inspiración.

—¿Sois cojo?

—Sí… —el infeliz estornudó—. Una carreta me aplastó la pierna hace diez veranos. Y eso, ¿qué os importa?

El capitán estaba acostumbrado a soportar los más horribles olores, y sin embargo, en aquel ambiente hediondo respiraba por la boca para evitar una arcada.

—Sois un bellaco y un delincuente, pero no un homicida —afirmó Miguel, tras un corto silencio—. Nadie puede estar en dos sitios a la vez, y eso hasta el conde de la Espiga tendrá que reconocerlo. Ahora habréis de elegir entre ser condenado por robar en la armería de maese Martín o por haber matado al hijo de un conde. Si queréis salvar el pellejo, confesad qué habéis hecho con los clavos de plata. Hablaré con don Julián para que os haga la merced de visitaros. Pensadlo bien, puede ser vuestra última oportunidad. Ved si es valiosa la plata del Perú… unos clavos de Potosí os pueden salvar la vida.

—Señor, es cierto. Yo robé esos clavos y los tengo escondidos, le diré a don Julián dónde.

Salió de la mazmorra y se dirigió a la torre del homenaje, para comprobar si don Julián había regresado ya de la villa campestre de Monroy, pero a quien se encontró, en vez de al mayordomo, fue, para disfrute de sus ojos y sobresalto de su corazón, a Rosalba. Le pareció que estaba pálida y desmejorada, como si una preocupación la estuviera consumiendo interiormente.

—Definitivamente, hoy es mi día de suerte —la saludó—. Os veo a todas horas, y eso me sirve de consuelo.

—¿Estáis triste por ventura?

—Por no ser ya vuestro maestro de ajedrez. Antes esperaba mi corazón con impaciencia los viernes, y ahora… Ahora no sé qué esperará.

—Crispina —Rosalba se volvió hacia su sombra, que solía tomar la forma de Crispina—. ¿No oís que os llaman?

—Sí, señora, creo que algo oigo —replicó la doncella de compañía, bajando la cabeza.

Y discretamente se alejó unos cuantos pasos.

—Si vais a hablarme tan osadamente, mejor sin testigos. Sabéis que mi madre murió cuando yo tenía dos años, y mi padre vela por mí con excesivo celo, quizá. Nada me ha dicho, pero sé que teme por mi vida. Y también sé —y al pronunciar estas palabras, Rosalba bajó por un momento la vista, para levantarla inmediatamente— que teme por otra clase de peligros. El de vuestros ojos, por ejemplo, y por ello ha resuelto que sea don Julián mi nuevo preceptor de ajedrez.

—¿Y qué tienen mis ojos? —ambos se sostenían la mirada, con una mezcla de altivez e inocencia—. ¿Acaso echan fuego como si los habitaran dragones incendiarios y enamorados?

—Vos habéis dicho lo de los dragones enamorados, no yo —repuso Rosalba con sencillez, sin temor a ser tomada por una creída—. Mas mi padre debería estar tranquilo, pues debería saber que las llamas de vuestros ojos, al contrario que las de los dragones, sólo son capaces de abrasar los corazones que desean ser abrasados.

—Señora —llamó Crispina, que estaba de espaldas a ellos y se aburría—. ¿Me sigue llamando alguien?

—Así es, Crispina —respondió Rosalba—. ¿No lo oís?

—Sí, señora, sí lo oigo ahora.

—¿Y dónde ibais? —inquirió Miguel, quien por un momento había tenido la dolorosa e insensata corazonada de que Rosalba iba a encontrarse con el marqués de Hambrán.

—A visitar a un enfermo, no sois vos el único que precisa consuelo.

La hija de Monroy abandonaba el hogar en contadas ocasiones, y cuando lo hacía era por un buen motivo, generalmente relacionado con la caridad.

—Rosalbo soy y a Rosalba adoro, y en Rosalba creo y a Rosalba...

La joven palideció.

—Capitán —le interrumpió—. No sigáis leyendo páginas que pueblan vuestra cabeza de locuras y fantasías, y no sigáis por esa senda, que está plagada de trampas y espinas. Ni yo soy la infeliz Melibea ni vos sois el infausto Calisto. Y ahora, debéis dejarme. No están maduras las cerezas, id a probar con las uvas. Ya hemos dicho demasiado. Os lo ordeno.

El capitán abandonó el castillo a lomos de *Ventisquero*, haciéndose la ilusión —sin creérsela mucho— de que Rosalba estaba desmejorada porque ardía de amor por él.

De camino a su casa se detuvo ante el taller de maese Pedro, el pintor más afamado de Piedra de los Caballeros. Entró. Olía a carbón, barniz, aceite y pintura. No se hallaba el maestro, pero sí su aprendiz. Sobre un caballete había un retrato a medio hacer de doña Pilar, la esposa de Estébanez, y en una mesa, llena de pinceles, carboncillos, espátulas, morteros, conchas y botecitos con pigmentos de varios colores, se esparcían algunos bocetos, además de diversos instrumentos y objetos, como un compás y una regla, y unas monedas, un frutero, unas plumas de faisán y de pavo real, un jarrón con flores secas, una liebre muerta, una calabaza y una calavera. En una esquina había tablas y lienzos.

—¿Está listo mi encargo?

—Sí, don Miguel.

El aprendiz abrió un cajón y le mostró un pequeño objeto redondo y plano, envuelto en una tela, del tamaño de un doblón. Miguel lo desenvolvió y lo observó en silencio, antes de guardárselo.

—Decidle a maese Pedro que es muy hermoso y quedo satisfecho —sacó de un bolsillo una bolsita de cuero—. Esto es lo que faltaba.

El capitán contó unas monedas y se las entregó al mozo, quien le dio un recibo.

Al llegar a su casa le pidió a Benito que le preparara recado de escribir. Diligente, su criado le trajo inmediatamente una pluma de ganso, un cuchillito, un tintero y unas hojas.

—Quizá vuesa merced señoría pueda y quiera explicarme un poético asuntillo —dijo Benito, tímidamente.

—Tú dirás.

—¿Qué significan estos versos que he leído en la corteza tronco de un árbol álamo, fechos con un punzón heridor o con cortadora navaja? *Nadie puede ser dichoso, señora, ni desdichado, sin que os haya mirado. Porque la gloria de veros en ese punto se quita cuando se piensa en mereceros*... Y sigue de esta guisa, sin que haya cristiana mollera que lo entienda.

—Pero... ¡Serás gandul y necio! ¿De qué le sirve al buen fray Hernando enseñarte letras y latines si luego no comprendes lo que lees? Son delicadas y poéticas rimas, y expresan que hay una dama de tal hermosura, que antes de verla uno no puede saber lo que es la felicidad; pero, al tiempo, al verla uno conoce la más honda desdicha, al no poder alcanzar la dicha de poseerla.

—No sé, no sé —el criado balanceaba la cabeza, como dudando de la explicación—. Ignoro quién será ese poeta merluzo mentecato que empleando cristianas palabras las mezcla de forma diabólica oscureciendo su significado. ¿No sería más sencillo decir que la dama es ángel de endemoniada belleza y que el poeta sería harto feliz dichoso si juntara la su boca de él con la su boca de ella?

Tras hacer una mueca de disgusto provocada por palabras tan fatuas y bellacas, el capitán mojó la pluma y empezó a escribir con letra firme y clara. Era obvio que Benito no había visto esos versos en la corteza de un álamo, sino que Crispina le había referido la galante incursión de su amo en el palacio de Monroy.

—Mago soy, y adivino que esta mañana has estado de cotilleo con Crispina. ¿Le contaste que el otro día bailé con una muchacha? —preguntó, mientras escribía.

—¿Con Filomena, esa urraca tan fea y tan poco agraciada? ¿La hija mediana del molinero?

Miguel le miró serio, sin despegar los labios.

—¿La que tiene un aliento fétido apestoso?

—¿Con cuál, si no? ¿Lo contaste, sí o no? ¿Y acaso crees que el tuyo huele a rosas?

Benito permaneció mudo, sin decidirse a mentir, pero tampoco a decir la verdad.

—Me acusan de que me gustan igual las uvas que las cerezas.

—Eso no es su culpa, capitán, bien sé yo de su rectitud, pero vuesa merced atrae a las doncellas como la miel a las abejas, y así tiene injusta inmerecida fama de mujeriego galán. Y por eso, recelosa, doña Rosalba simula despreciarle.

El capitán alzó la vista, mientras volvía a mojar la punta del cálamo de la pluma.

—¿A qué viene tanta palabrería? ¿Y cómo va a atraer la miel a las abejas, merluzo, si son ellas las que la fabrican? Hablaré con el padre de Filomena, para que te muela a ti entre saco de trigo y saco de centeno.

—Pero... Si yo no he hecho nada...

—Pues haz algo —le tendió la nota que había terminado de redactar—. Asegúrate de que se le entrega en mano a don

Julián. Pero antes, prepara mi capote y comida para una jornada, y trae a *Ventisquero*, con la manta.

—¿Vais solo?

—¿No me has oído? Con *Ventisquero*.

—¿Y adónde vais?

Mientras hablaba, su criado preparaba en una alforja pan, queso manchego, carne, unas manzanas y un pedazo de chorizo. Miguel cogió su pistola y se ciñó su espada.

—A la cueva del Alma en Pena. Ya sabes, donde dicen que hay un espíritu que blasfema, aúlla y gime, en las noches de tormenta. ¿Quieres venir conmigo? Con suerte nos hospedaremos en el Castillo Negro.

Benito se estremeció, e inconscientemente acarició el amuleto que llevaba colgado del cuello, una pata de liebre cazada por un niño tuerto.

—Gracias, capitán, me placería en sumo grado, pero tengo muchos quehaceres que hacer. Vuesa merced no cesa de encomendarme tareas… ¿Esta carta es urgente prioritaria?

El capitán miraba el trabajo de maese Pedro, hurtándolo a los ojos de Benito, que estiraba el cuello para curiosear sin excesivo disimulo.

—Tanto que de él depende la vida de un simple ladrón acusado del asesinato de don Ramiro.

Y guardó en el jubón el pequeño objeto envuelto en una tela, del que parecía no querer separarse ni un instante.

—¿Es cierto lo que dicen, que han matado a Gabriel, el hijo segundo del panadero? ¿El que había cumplido hace no mucho catorce?

—Así es.

Su escudero le miraba con temor.

—No te quedes nunca a solas, hasta que se resuelva esto.

Sonó en ese momento la sirena de un coche de bomberos.

—Papá —dijo Miguel—. Es tarde, tengo sueño.

—Sí —convino el padre—. Es muy tarde, vamos a acostarnos ya.

—¿Rosalba está por el capitán, o no?

—Posiblemente. Aunque a lo mejor lo que sucede es que el capitán se hace ilusiones.

—Yo creo que sí le gusta. Pero el capitán lo tiene difícil, ¿verdad? Porque si en esa época una persona normal no se podía casar con un noble...

—Así es, lo tiene verdaderamente difícil.

—Eso es injusto.

—Pero así era. También hoy hay injusticias, aunque muchas menos.

Tras lavarse los dientes fue a su cuarto. En una balda se alineaban los muñecos a los que hacía no tantos años se abrazaba para dormir. Mañana mismo los llevaría al trastero. Su padre se asomó por la puerta entornada.

—Buenas noches.

—Buenas noches, papá.

Se durmió pensando en Rosalba, en el pobre ladrón cojo, que iba a librarse de la muerte gracias al capitán, y con la seguridad de que la próxima víctima del lobo sería Benito, si no conseguía salvarle también a él el joven soldado.

Segunda noche

11
La cueva del Alma en Pena

Después de la cena, en lugar de encender el televisor, Miguel comentó:

—Hay una cosa de tu historia que no me gusta… Tratan fatal a los animales.

—¿Sí? —Su padre enarcó las cejas, algo sorprendido. No se le había ocurrido pensar en eso. Era de otra generación.

—Matan conejos, asan gatos callejeros…

—El capitán mató unos conejos para despistar a los perros de Monroy y poder decir los versos a Rosalba. Y lo de los gatos... Hombre, en esa escena los que dan pena son los niños, ¿no crees?

—Sí, pero hay una niña que tira piedras a un cerdo, un niño que arranca unas patas a un saltamontes para divertirse...

—Te aseguro que eso era antes muy normal, no ya en la antigüedad, sino cuando yo era un crío. El respeto a los animales, por insignificantes que sean, como una hormiga o un saltamontes, es algo muy reciente. Y prepárate, porque va a haber una cacería. Pero si eso hiere mucho tu sensibilidad...

—Sólo era un comentario.

—Teníamos al capitán Miguel preparándose para ir a la cueva del Alma en Pena, ¿no es así?

—Sí.

Fueron al salón. Su padre lo dejó casi en penumbra, pues las sombras son fieles aliadas de las buenas historias, y retomó la historia.

Cabalgaba el capitán, serio el semblante, tranquilo el corazón, pensando en una muchacha que, por cuna y sangre, estaba lejos de su alcance, y en un enorme lobo negro, real o imaginario, y en el cuerpo del prometido de esa muchacha, destrozado a mordiscos a los catorce años. Tras unas horas sin forzar su montura, se había adentrado ya en tierras de Hambrán, siguiendo las indicaciones que el arriero que fumaba para espanto de Benito le había proporcionado en la jornada anterior. Había dejado atrás la gran cruz de piedra y el camino con tierra roja a trechos, y avistaba el monte al otro lado del cual, sobre una pronunciada curva del río, se hallaba la cueva del Alma en Pena.

Subía por una ladera cubierta de matas, arbustos y árboles bajos, cuando oyó un lamento.

—¡Aquí me lo mataron, fue aquí! ¡Aquí me lo mataron!

Dirigió su caballo hacia la lastimera voz. Pertenecía a una mujer que estaba de rodillas, con una camisa de lienzo clara con sólo un triste botón, unas calzas sucias, unas medias agujereadas y unas sandalias de esparto rotas. Cuando advirtió la presencia de un extraño se puso en pie. En su semblante se pintaban el extravío y el miedo.

—¿A quién mataron aquí, señora?

La mujer retrocedió un paso y a punto estuvo de tropezar y perder el equilibrio. Tenía la cara enrojecida, y algunas calvas en la cabeza. El pelo sucio, que le caía en greñas, presentaba un color ceniciento. Era inofensiva, pero tenía aspecto de bruja.

—A mi hijo. Había cumplido los catorce, era el mozo más hermoso de por acá… Y tengo uno de trece, ¿también me lo van a matar? —gimió—. ¡Aquí me lo mataron, fue aquí! ¡Aquí me lo mataron!

—¿Es vuesa merced la esposa del panadero?

—¿Panadero? —La mujer le miró con los ojos muy abiertos—. ¿Panadero, mi Fermín? ¡Del pan sólo sabe comerlo!

Se trataba, pues, de la madre del campesino que había muerto la misma noche que don Ramiro, la penúltima víctima de la bestia, pues con el hijo del panadero iban ya tres. La infeliz comenzó a lloriquear, y Miguel se sintió culpable, ya que únicamente le había preocupado investigar la muerte del hijo del conde, y en ningún momento se había parado a pensar en el campesino. Entregado a sus remordimientos, vio el capitán que llegaba, azuzando a su asno con la voz y con la fusta, un hombre algo mejor vestido que la madre trastornada. Cuando llegó junto a ella, desmontó y la agarró del brazo, mirando al capitán con rencor y desconfianza. Sin duda se trataba de su marido.

—¿Fue aquí donde apareció el cadáver de vuestro hijo?

El hombre le taladró con la mirada durante unos instantes, antes de despegar los labios.

—Sí.

—¿Había algo aparte de su cuerpo?

—¿Aparte de su cuerpo? Que faltaba parte de su cuerpo. Y sangre —el padre escupía las palabras—. Y sus calzas desgarradas.

Apretaba los dientes, conteniendo las lágrimas o la ira.

—Yo voy a encontrar al que lo haya hecho, hombre o bestia, para que tenga su castigo.

El hombre se pasó el dorso del antebrazo por la nariz, para limpiarse los mocos.

—A nadie le importa quién mató a mi hijo. Sólo importa la muerte del condesito.

—Ante Dios, todos los hombres son iguales.

—Ante Dios, puede —replicó con tono cortante el recién llegado. Se notaba que podía ser un adversario rocoso y tenaz—. Pero aquí abajo es muy distinto.

—Díselo, dile quién ha sido —suplicó la mujer.

Miguel miró interrogadoramente al marido, que se encogió de hombros.

—Ha perdido la razón. Cree que lo despedazaron los perros de don Esteban de Hambrán. Pero yo sé que no fueron.

—¿Y por qué está tan seguro vuesa merced? —preguntó Miguel.

—Porque soy el perrero y esa noche no salieron. Por aquí vi huellas de zorro, de jabalíes y de un lobo. Pero no de perros, ni de los míos ni de otros.

—Y esos perros vuestros… ¿Alguna vez han matado a alguien?

El hombre le miró con desprecio

—Sólo matan cuando salen a cazar. Yo sé cómo mantenerlos con hambre, pero fuertes. Por eso son los mejores cazadores, porque tienen el ansia sin haberse debilitado. Y no son míos. Yo sólo tengo a esta mujer, este borrico y lo que llevo puesto. Y un único hijo de siete que me han parido.

Dichas esas palabras, el hombre subió a la mujer al burro y, sin despedirse y guiándolo de las bridas, se fue alejando. Componían una de las imágenes más desoladoras que pueden existir, la de dos padres deshechos por la pérdida de un hijo. La mujer empezó a cantar, pero era una canción muy triste, porque era una canción infantil cantada con voz aniñada por una mujer mayor.

El cielo se había ido cubriendo con nubes cada vez más oscuras. Comenzó a chispear, y el capitán se echó el capote. El campo despedía ahora un olor intenso y agradable. Apenas restaba una hora para que se pusiera el sol cuando llegó al río. Vio a lo lejos el Castillo Negro de Hambrán. La piedra volcánica se había oscurecido al mojarse, y brillaría cuando saliera el sol. Oyó los ladridos de los perros, que cesaron al poco, esos perros hambrientos pero fuertes. Tras desensillarlo, dejó que *Ventisquero* bebiera en la orilla, y buscó después la cueva. Al cabo de un rato encontró la entrada, casi tapada por completo por unas zarzas, de cuyas espinas colgaba pelo arrancado de algún animal salvaje. Examinó un mechón, y comprobó que era de lobo. Seguramente lo había perdido al intentar coger una urraca enredada entre las zarzas, y de la que ya únicamente quedaban, además de los huesos, unas plumas, las patas y el pico. Ató el corcel a un árbol. Después se abrió paso con la espada cortando los numerosos tallos de las zarzas y apartándolos, y entró en la gruta. Apenas había luz, y la exploró ayudado por una vela que había tenido la precaución de llevar. Era de planta circular, y se alargaba por un extremo, hasta estrecharse tanto que hacía imposible el paso. Nada llamaba su atención, salvo dos cruces rotas clavadas en la pared, una de ellas con un Cristo boca abajo, como si se tratara de san Pedro. El suelo era de tierra y roca y algunas zonas de las paredes amarillentas y pardas destellaban por la humedad.

Cuando salió llovía con fuerza. Resignado, volvió a entrar en la cueva para pasar la noche. Comenzó a tronar, y los rayos iluminaban por un instante el horizonte. Recordó, en el hospicio, a sor Inés riñéndole y clavándole las uñas en su brazo, como si él fuera el culpable: esos rayos eran la expresión de la cólera de Dios por sus pecados. ¡Cómo había llorado, en aquellos lejanos días de la infancia, lamentando no tener una madre que le amara y abrigase! *Ventisquero*, nervioso, tampoco conciliaba el sueño. La oscuridad era total cuando no la arañaba un relámpago, y el rumor de las hojas sacudidas por el viento ponía un suave contrapunto a la furia de los truenos.

De pronto, empezó a oírse una especie de lamento que provenía de las paredes y el techo de la cueva, como una letanía lastimera que subía bruscamente de tono cuando arreciaba el viento, hasta transformarse en un aullido que ponía los pelos de punta. El capitán no pudo evitar pensar en las almas condenadas. Ahí estaba el espíritu que blasfemaba, aullaba y gemía en las noches de tormenta. No era de extrañar que gentes crédulas y supersticiosas se figuraran que eran los lamentos de los muertos, los quejidos de las almas en pena.

Amainó el temporal, poco a poco las estrellas se animaron a horadar el cielo y Miguel pudo por fin descansar algo, pese a hallarse mojado y a lo incómodo de su postura, sentado con la espalda contra una roca.

Con los ojos cerrados, imaginó que paseaba con Rosalba por un jardín, a la luz de la luna, cogidos de la mano. Imaginó que le confesaba su amor, y que ella se ruborizaba y temblaba, y que sus ojos brillaban como un hielo derritiéndose. Imaginó que ella le decía que prefería morir a vivir sin él, que estaba dispuesta a abandonar a su padre y a renunciar a su posición y a su herencia, e imaginó que él, generoso, se negaba a aceptar tal sacrificio…

Le despertó la luz del alba. Salió, trabó las patas delanteras de *Ventisquero* y lo desató para que pastara, mientras volvía a explorar la cueva, ahora más iluminada. Estaba ya a punto de rendirse, sin haber encontrado nada fuera de lo común, cuando se fijó en que parte de la tierra, donde la gruta se estrechaba, parecía tener un color diferente. Se acuclilló y con la mano y la ayuda de la espada apartó una capa de tierra. Bajo ella apareció una tabla de madera. Siguió escarbando. Había una caja enterrada. Era un ataúd con la tapa claveteada. Con el cuchillo quitó los herrumbrosos clavos y la abrió. Arrugó la nariz al llegar a ella un olor a putrefacción. Ante él se hallaba un esqueleto cubierto por trozos de piel acartonada. Conservaba aún parte de la melena. Las uñas eran largas, pero estaban rotas, y la cara interna de la tapa del ataúd estaba arañada. Tapándose las narices, observó que le faltaban dos dedos de la mano izquierda. Por el tamaño de los huesos dedujo que era un esqueleto femenino, y en esa misma dirección apuntaban el que la mandíbula fuera más puntiaguda y redondeada que cuadrada. En cuanto al número de costillas, por mucho que la Biblia contara que Dios había creado a la mujer a partir de una costilla de Adán, Miguel sabía que hombres y mujeres tenían las mismas, veinticuatro, y que por lo tanto, aunque eso soliviantara a Fray Hernando, no había que tomarse el Libro Sagrado al pie de la letra.

No había visto pocos esqueletos y pellejos el capitán a lo largo de su corta vida, no, en campos de batalla, en islas desiertas, colgados de árboles o encerrados en jaulas, pero la visión de aquél le había provocado un escalofrío.

Coligió que se trataba de una mujer que había sido enterrada viva, y que en su desesperación había intentado, sin éxito, salir, destrozándose las uñas. De ahí los lamentos, gritos y blasfemias que habían dado pie a la leyenda del Alma en Pena, continuada por los aullidos del viento al colarse por las cavidades de la gruta en las noches tormentosas. Recordó lo que se rumoreaba sobre el antepasado del marqués de Hambrán que había construido el Castillo Negro: que había contratado a hechiceros y alquimistas para que descubrieran el secreto de la eterna juventud, y que una bruja, bellísima pese a tener la mano izquierda mutilada, lo había encontrado. Bien, pues ahora el capitán había encontrado su cadáver.

Al contrario que la mayoría, Miguel no creía en milagros, prodigios, brujas y pócimas mágicas, pero por un momento, viendo aquella momia, extraordinariamente conservada gracias a la temperatura y falta de luz de la cueva, dudaba. ¿Había encontrado aquella mujer el elixir de la vida eterna, y por ello había sido sepultada en vida, para guardar el secreto? ¿Era ésa la razón por la que el marqués de Hambrán, que tal vez hubiera heredado de aquel lejano antepasado la fórmula, aparentaba muchos menos años de los que tenía?

Abandonó el lugar. Un hombre de unos cincuenta años, un anciano vigoroso y calvo provisto de un cayado, llenaba de agua del río unos odres que cargaba su asno. Aunque brillaba un sol alegre, los charcos aquí y allá recordaban el aguacero nocturno. El hombre se le quedó mirando, asustado. El capitán se acercó a *Ventisquero* y le palmeó en los flancos. Cuando se volvió, el anciano continuaba mirándole, como paralizado.

—¿Qué miráis, buen hombre?

Pero el aldeano no articulaba palabra. El capitán se acercó, despreocupado, amistoso.

—¿Quién ha atado la lengua de vuesa merced? Soy de carne y hueso, pero me miráis como si fuera una aparición.

—Habéis entrado en la cueva —habló al fin, y al hacerlo se vio que le faltaban varios dientes—. Si el marqués se entera, podéis pasarlo mal.

—Yo no tengo miedo del marqués. ¿Y por qué habría de pasarlo mal?

El aldeano pasó a su lado y comenzó a tapar apresuradamente la entrada de la caverna con los tallos de las zarzas que Miguel había cortado.

—Si lo descubre... Me acusará a mí o al primero que se cruce en su camino.

—¿Y por qué habría de pasarlo mal, buen hombre? —repitió el capitán Miguel.

El aldeano iba tapando la entrada, y se las arreglaba de tal manera que no se pinchaba con los aguijones de las zarzas.

—Aquí encerró viva el marqués a la Anastasia —y al pronunciar el nombre, se santiguó—. Era su amante. El marqués tiene prohibido entrar allí, sólo él puede. Para él es una especie de santuario.

—¿Era una bruja?

El aldeano volvió a santiguarse.

—Sabía sanar y sabía enfermar.

—¿Y hace cuánto fue eso?

El anciano miró en su derredor, como si temiera ser espiado.

—Hace cuatro siglos, o puede que cinco.

Miguel le miró sin mostrar excesivo asombro. No era el primer loco con el que conversaba en su vida. Seguramente mezclaba al primer marqués de Hambrán con el actual.

El aldeano bajó la voz, pese a que se hallaban solos.

—Mejor que os vayáis enseguida, y que no volváis por aquí. Éstas no son vuestras tierras, y ni al marqués ni a sus perros les gustan los forasteros. Los guarda allí, en el Castillo Negro. Allí los guarda.

Miguel destrabó su corcel y lo ensilló. El anciano se daba prisa ahora en llenar los odres. Se despidió de él, pidiéndole que mantuviera el secreto de su visita a la cueva.

—Descuide vuesa merced. Si el marqués tiene noticia de esto, mi vida valdrá menos que un grano de avena —dijo el viejo trastornado—. Esto que he contado lo sabemos yo y otros, pero nunca hablamos del miedo que tenemos. Loco estoy por hablar, la lengua debería cortarme.

Galopaba el capitán Miguel hacia Piedra de los Caballeros, el rostro atribulado, el porte severo, el gesto cansado, el ánimo entero.

¿Era un demente el aldeano, como había juzgado de buenas a primeras, o había algo de real en aquella historia y se enfrentaba a poderes sobrenaturales? ¿Eran ciertas sus sospechas, o se dejaba llevar por los celos? ¿Había muerto don Ramiro por ser el prometido de la doncella a la que cortejaba don Esteban de Hambrán? ¿Y entonces, qué pintaba en ello el hijo del perrero? ¿Había encontrado la bruja Anastasia el elixir de la eterna juventud? ¿Dónde había que poner la raya que separaba la superstición de lo simplemente desconocido, la fantasía de la realidad?

Su mente se resistía a aceptar tal prodigio, pero su corazón le susurraba que algo de verdadero había en aquella leyenda de Hambrán y la hechicera, y corría hacia su hogar con el semblante en sombra, el ánimo entero, derecha la espalda, el ademán sereno.

12
Misteriosos preparativos

Descansó el capitán después de comer, que falta le hacía. En el castillo había mucha actividad, y en el aire se confundían los ladridos de mastines, perros de presa y sabuesos. Llegaban nobles invitados con sus comitivas a pasar la noche, y sólo se hablaba de la cacería del día siguiente, de la desgraciada muerte de don Ramiro y de la fabulosa recompensa ofrecida por el conde de la Espiga a quien matara a un gran lobo negro: trescientos ducados de oro. La noche anterior un carro con bolas de nieve apelmazada, envuelta en helechos, había traspasado las puertas de Piedra de los Caballeros para enfriar las bebidas de los nobles, si el calor apretara.

El corral de lobos ya estaba preparado, a unas cinco leguas de la ciudad, en la ladera de un monte desde la que los lobos solían vigilar el paso de los rebaños y las manadas de corzos y ciervos, no muy lejos de Torrelanceros. Habían trabajado durante dos días veinte peones y albañiles. Consistía en un cerco de piedra de algo más de dos varas y media de altura, con forma circular, y en el que la última hilada de piedras sobresalía hacia dentro, para que el lobo no pudiera gatear. No tenía salida: los lobos podían entrar saltando desde la parte más elevada del terreno, para encontrarse luego dentro del corral, del que ya no había escapatoria. Como cebo habían dejado un cordero, que balaba llamando a su madre.

En Torrelanceros se había establecido un campamento con tiendas de campaña, y la excitación e impaciencia eran generales.

—Capitán, si vuesa merced se cobra un jabalí o un venado, ¿obsequiará con una pierna a mi señora santa madre?

—Así se hará, Benito.

Pero el capitán estaba abstraído y preocupado, pues un mal presagio nublaba su corazón. No se quitaba de la cabeza aquella visión en la que salvaba un abismo deslizándose por una cuerda agarrado a una sola pieza en forma de U, y tras muchas dudas decidió hacer caso de ella, como si hubiera sido un aviso de su Ángel de la Guarda.

Por la tarde se procuró varias cuerdas de cáñamo, que empalmó hasta formar una que tenía más de doscientas varas de largo, y que enrolló y sujetó a la silla de su caballo. Recogió en la armería de maese Martín el gancho acabado en un afilado pincho que había encargado y la pieza en forma de U, le compró una bolsa de abrojos y salió de la ciudad. Cabalgó hasta Torrelanceros, provisto también de un saco con cebada y una larga pluma de cigüeña adornada con una cinta roja. Ya en las afueras de la villa observó el campamento que varios criados terminaban de montar, con grandes tiendas para que descansaran los sirvientes, pegadas a las que servían de almacén. Los nobles se hospedarían en las mejores casas de la villa. Carros con barriles llenos de flechas, de pólvora, de balas, de aceite, de vino y cerveza, cestos de pan, frutas, pescado y carne en salazón, sacos de legumbres, quesos, dulces de membrillo, forraje para las bestias, todo el aprovisionamiento y la actividad recordaba a la guerra, aunque sólo se tratara de una cacería. Sin desmontar, con el ceño fruncido, signo en él más de concentración que de enojo, el capitán Miguel estudiaba el paraje y sus alrededores.

Sabía que Sancho se hallaba destacado en la villa, y le buscó en una taberna. No se equivocó: allí estaba el veterano, sentado con una jarra de madera llena de cerveza en las manos, sin más compañía que su espada y el pífano y el sombrero de ala ancha que reposaban sobre la mesa. Sancho, de mozo, había comenzado su carrera militar siendo el pífano de la compañía, y desde entonces no se había separado de su instrumento, aunque hubiera ascendido hasta sargento.

—Mi capitán —le saludó—, ¿ha venido a beber con este viejo soldado que ya sólo sabe hablar de batallas y se olvidó del amor y demás dulzuras de la vida?

—En otro momento, Sancho. Ahora vengo a pediros una merced, que me dejéis desde hoy y hasta mañana vuestro caballo para la cacería. Y si resultase lastimado, os compensaría con cuatro mil maravedíes.

El sargento le miró sorprendido por lo desorbitado de la suma.

—Vuesa merced sabe que *Alabardo* no es más que un penco y nadie pagaría más de mil quinientos.

—Confío en que salga ileso y no verme obligado a aligerar mi bolsa.

—Al menos lo encontrará recién herrado.

Fueron por el caballo. Se trataba del caballejo endeble y flaco y ya entrado en años, con varias mataduras y el pelo áspero, que el capitán había visto acosado por los perros en su extraña visión, y que había interpretado como un aviso o mandato: debía ir con ese penco a la cacería, en lugar de con *Ventisquero*, que le aguardaría abajo, mientras se deslizaba por la cuerda.

—Sancho... ¿Sabéis si no muy lejos de aquí hay una torre en ruinas, en una colina sobre el río?

El sargento se rascó la cabeza y entrecerró los ojos.

—Sólo se me ocurre la torre del Alfanje... Pero está en tierras de Hambrán, al noroeste, pegada a las de Monroy. Cabalgue vuesa merced en esa dirección unas tres leguas. Hay dos montes, uno en pico y otro redondeado. En el redondeado es.

—Gracias, Sancho.

—Capitán, tenéis ocho pescados, dos se mueren, tres se ahogan, compráis cuatro, os coméis uno, ¿cuántos os quedan?

—Seis.

—No —rio el soldado, dando palmas—. ¡Esta vez os pillé! Os quedan nueve.

—¿Por qué?

—Porque los peces no se pueden ahogar.

Tras el inocente acertijo y las carcajadas de Sancho, se despidieron.

Subía el capitán Miguel montado en *Ventisquero*, y llevando a *Alabardo* de la brida, por el monte, hacia su cima, donde se alzaba al borde del risco el baluarte en ruinas del que le había hablado Sancho, adosado al cual aún permanecía en pie parte de la muralla. Cuando llegó, desmontó con el gancho, el mazo y la cuerda, y ascendió por las escaleras medio desmoronadas de la torre del Alfanje, entre cuyos peldaños y grietas crecían las hierbas, hasta la parte superior. Desde allí se divisaban los montes boscosos, el río y Torrelanceros, y a lo lejos, azul, la cordillera. Clavó con fuerza el gancho en una hendidura entre las almenas, y anudó a él un extremo de la cuerda. Ató al otro extremo una piedra y la pluma blanca de cigüeña con la vistosa cinta roja. Buscó después un punto conveniente para sus propósitos. Vio un grupo de álamos que crecía al otro lado del río, alrededor de un peñasco que se asomaba a sus aguas verdosas, y calculó que la cuerda llegaría hasta allí. Asomado a las almenas, lanzó en su dirección tan fuerte como pudo la piedra atada a la cuerda con la pluma. Después montó en *Ventisquero*, y conduciendo de las riendas a *Alabardo* rodeó las ruinas para evitar el tajo, y se dirigió hacia los álamos, por aquel terreno difícil y escarpado, ojo avizor en busca de la pluma blanca con la cinta roja. La vio, desmontó para cogerla, y continuó su camino. En las inmediaciones del río la pendiente se hacía menos brusca. Lo vadeó, satisfecho al comprobar que la corriente era tranquila y que el agua no cubría más arriba del pecho de las monturas en el punto de mayor profundidad. Al abandonar el cauce se arrimó al álamo más alto y robusto. Se puso en pie sobre la silla y trepó al árbol. Eligió una rama sana y gruesa, y a ella ató la soga. Después, trabó las patas delanteras de *Ventisquero*, vació el saco de cebada en el suelo y se despidió de él con palmadas y palabras cariñosas.

Regresó a Piedra de los Caballeros a lomos del viejo penco de Sancho, siguiendo el curso del río. Moría la tarde, y en el cielo unas nubes eran como gruesas pinceladas azul oscuro. Mecidas por la brisa, las hojas de los tilos y los álamos de las orillas espejeaban débilmente, y su murmullo tranquilizaba el espíritu.

—¡Vive Dios y la Virgen! —exclamó su criado al verle—. ¿Qué habéis hecho con *Ventisquero*? ¡Teníais un hermoso caballo y ahora volvéis con un penco jamelgo rocín!

—Se lo cambié a Sancho —dijo Miguel.

—Siga vuesa merced de capitán soldado, que de tratante negociador pronto empezaría a sufrir hambre, ruina y privaciones —aconsejó Benito.

—Ensíllamelo a primera hora. Ten preparada la lanza y la ballesta.

—¿A qué hora partiremos saldremos?

—Tú te quedas, Benito. Que tienes catorce años, y dicen que ha vuelto el lobo negro y no sé cómo sobrellevaría tu madre el perder a un hijo truhán como tú.

Sin hacer caso de las protestas del mozo, el capitán Miguel se retiró a su habitación.

Después de una frugal cena, la mirada puesta en el techo blanco, cubierto por una manta de lana, apretaba en una mano el objeto circular envuelto en una tela, al que parecía profesar singular aprecio, y se preguntaba si sus precauciones no estaban siendo exageradas e infundados sus temores. Pero, afortunadamente, si estaba haciendo el ridículo por hacer caso de su visión, nadie había para atestiguarlo.

13
La cacería

Se despertó el capitán antes del amanecer. Se aseó y vistió. Desayunó pan, queso y unas nueces con miel. *Alabardo* ya estaba ensillado cuando las primeras luces del alba aclararon las casas y murallas de la ciudad. Armado con la pistola, la lanza, la espada y la ballesta, montado en el jamelgo, Miguel se dirigió hacia el castillo.

Cuando llegó, estaban ya preparados quince nobles vestidos con sus mejores galas de caza y sus criados prestos a satisfacer el menor de sus caprichos. Muchos de los caballos estaban enjaezados para la ocasión con vistosos lazos de diferentes colores. Sobre el hombro de don Recaredo, un viejo amigo de Monroy, se posaba un halcón neblí encapuchado, una hembra que habría costado lo menos 1500 maravedíes. Las hembras eran más caras, por ser más grandes, animosas y voladoras que los machos. Don Julián, el conde de la Espiga y el señor de Monroy conversaban, mientras unos pajes les ofrecían pasteles de hojaldre y pasas. El padre de don Ramiro tenía una nariz grande y gruesa. Llevaba barba, cana y cuidada, y era más bien pequeño, aunque fornido. Tenía una mirada un tanto extraviada, de loco, aunque quizá fuera consecuencia del dolor causado por la pérdida de su hijo. Iba vestido todo de negro.

—Mucho dice el caballo del caballero —se burló el conde de la Espiga al verle. Su tono era sorprendentemente agudo, casi femenino. ¡Qué pocos e parecía al hombre alto y distinguido de recia voz que él había imaginado!—. ¿O debería decir el penco del escudero?

El capitán se limitó a mirarle sereno y en silencio, sin responder a la provocación. Hambrán salió en su defensa.

—Conde —dijo, con una voz lo suficientemente alta como para que todos pudieran oírle—. No se deje engañar vuesa merced por la juventud de este soldado. Fue quien, arriesgando su vida y bajo una lluvia de flechas y arcabuzazos, retiró a Garcilaso de la Vega, malherido en la fortaleza de Le Muy. A eso debe su capitanía, además de a muchas otras heroicidades.

—Vamos, vamos, marqués —replicó desdeñoso el conde, y su voz le recordó al capitán el chillido de las gaviotas—. A veces un mentecato se mete sin saberlo en un avispero y pasa por valiente. Además, no sirvió de nada, ¿no? ¿Acaso no murió a los pocos días Garcilaso por las heridas?

—No es cirujano, conde —observó Hambrán—. Es capitán, y yo no podría pedir compañero más bravo y sagaz en mis pesquisas.

Miguel miró agradecido al marqués, que le sonreía.

—Precisamente el conde de la Espiga me dijo hace un momento que quería desearos ventura en vuestras investigaciones —intervino Monroy, para apaciguar los ánimos—. No tengáis en cuenta, capitán, sus palabras anteriores. Estoy seguro de que mi amigo el conde no quería ofenderos, pero es hombre muy tradicional y no le ha gustado mucho que la muerte de su primogénito sea investigada por un plebeyo. Confío, capitán, en que pronto le saquéis de su error y me deis la razón.

—Ventura, ventura os deseo, y prisa, mucha prisa. Habría deseado que el hombre al que acusó el marqués fuera el culpable. Así mi pena se mitigaría con la salsa de la venganza. Pero...

Calló, y sus labios se torcieron en un rictus de amargura y desprecio.

Tras dudar un momento, el capitán Miguel hizo un gesto a Hambrán y se apartó un poco del grupo. Don Esteban se puso a su lado y le miró interrogativamente.

—Marqués, ¿adelantáis en vuestras pesquisas?

—No mucho —admitió—. Y quizá por la impaciencia de este conde chillón me precipité acusando a ese cojo desgraciado. Gracias a Dios que vos le habéis librado de un castigo injusto. ¿Y por vuestra parte, alguna novedad?

Miguel sacó la daga que había encontrado en el lugar de la muerte del joven don Ramiro, con la empuñadura de plata cuajada de piedras preciosas.

—Ved, marqués, esta daga milanesa.

Hambrán la tomó entre sus manos y la examinó detenidamente.

—Hermosa arma. ¿De dónde la habéis sacado?

—Estaba en el lugar del crimen, enterrada en el barro. Es posible que se le cayera al asesino —Y mientras la hablaba, el capitán la recuperó.

—O a don Ramiro.

—El conde lo habría comentado. Pero ahora saldremos de dudas.

—¿Me la dejáis?

Hambrán hizo gesto de coger la daga, pero el capitán la apartó.

—Veamos qué dice el conde.

Miguel tocó suavemente con la espuela el flanco de *Alabardo* y se puso a la altura del caballo del padre de don Ramiro.

—Conde —dijo—. ¿Reconocéis esta daga?

—Es la primera vez que la veo en mi vida —afirmó con su voz chillona.

—¿Está seguro vuesa merced?

—Sí. ¿Acaso no lo he dicho ya?

El conde contestaba con desdén e impaciencia, y a Miguel le resultaba profundamente antipático. No era el dolor excusa para su soberbia.

—¿No podría pertenecer a vuestro malogrado hijo?

—No.

—Perdonad que insista, pero es importante. ¿Seguro que no os dice nada?

El conde de la Espiga resopló, agotada su escasa paciencia, mientras el señor de Monroy miraba al capitán pidiendo una explicación. Con expresión sarcástica, el conde tomó el arma blanca entre sus manos y se la pegó a una oreja.

—¿Qué si me dice algo, jovencito? Veamos... Guarda silencio, nada oigo... Pero... Atención... ¡Sí! Algo dice esta daga locuaz cual loro tropical. Que merece estar en manos más finas que las vuestras.

Y diciendo eso, tendió el arma al capitán.

—¿A qué viene esto, Miguel? —no pudo contenerse más Monroy.

—La encontré donde murió don Ramiro. Si no era suya, es muy posible que pertenezca a su asesino.

Al señor de Monroy no parecía agradarle el hallazgo.

—Es arma de persona de alta alcurnia —dijo—. Hay que ser precavidos, bien pudiera ser que hubiese sido robada.

—Virgen Santísima —graznó De la Espiga, sin disimular su malhumor—. ¿Empezamos la montería de una vez? Quiero culpables, no dagas milanesas sin dueño —se dirigió con gesto hosco a Miguel—. Llegáis el último y aún me hacéis perder el tiempo con preguntas repetitivas. ¡Que no, que no he visto jamás esa daga! ¡Que no, que no era de mi hijo!

En ese momento llegó un batidor para dar noticias a Monroy.

—Mi señor, ya están retirados todos los cepos y... hay un lobo en el corral.

Al oír eso, el conde de la Espiga espoleó su caballo, que partió al galope. A una señal de Monroy, un montero sopló en su cuerno y su sonido, como el lamento de un gigante, hizo que todos se pusieron en marcha tras el conde. Aparentemente el cuerno de caza había sumido a monteros, batidores, criados y caballeros en una confusión de voces, órdenes, juramentos, toques de trompeta y carreras, pero de esa confusión nacía un cierto orden, y ya se dirigían caballos, perros y hombres hacia el monte a toda prisa, dejando atrás las huertas y el cementerio.

Algunos campesinos les veían pasar, envidiando la diversión de los caballeros, su riqueza y sus placeres. Los nobles no tenían que compartir una cama sin sábanas, invadida por chinches y pulgas, ni contentarse para la cena con pan negro o con lentejas llenas de gorgojos. Unos leprosos con sus campanillas se apartaron del camino para no ser arrollados por la comitiva. Miguel distinguió fugazmente a un niño, Ricardo, que casi no tenía nariz y que apenas podía hablar. Le huían, le insultaban y zaherían, y el capitán Miguel le había defendido en más de una ocasión.

—Qué asquerosos —interrumpió Miguel mirando a su padre—. ¿Por qué hacían eso?

—Porque un niño sin nariz les parecía un monstruo, y porque eran cobardes. El valiente es el que defiende al débil.

—Era una época horrible.

—Fue una época mucho más dura e insensible que la nuestra, ya te lo advertí al principio. Pero también fue una época de enormes avances en todos los terrenos, en lo material y en lo espiritual. Que Europa sea un continente de respeto y libertad ha costado muchas muertes. Y hoy sigue siendo así, ser valiente es defender al débil, ¿no crees?

—Sí. ¿Podemos tomar un aperitivo?

—Sí.

Cuando su hijo le trajo el refresco, dio un sorbo y continuó.

Incluso el padre se avergonzaba de la pobre criatura, considerando que la terrible enfermedad era un castigo divino por sus pecados, y sólo sobrevivía por el inmenso amor de su madre, ese amor que el capitán jamás había sentido, y cuya falta era como una herida incurable en su corazón.

Cruzaron un sembrado entre dos espantapájaros, los caballos levantaban terrones que volaban por los aires, y ningún siervo osó alzar el puño ni maldecir en voz alta.

Tras un rato de furioso galope, llegaron al corral los primeros caballeros, con el padre del difunto Ramiro a la cabeza.

Los caballos se habían detenido nerviosos a unos metros de la trampa, recelando la presencia de una fiera salvaje.

Cuando llegó a lomos de su penco, el capitán se asomó. Un lobo daba vueltas, buscando una salida. Asustado, no había atacado al cordero, el cual, aterrorizado, ni siquiera balaba. El lobo saltó, intentando superar la tapia de piedra, pero la altura era excesiva para él y resbaló por la pared.

—Os cedo el honor, conde —dijo Monroy.

—Gracias, don Isidoro. ¡Ballesta! —gritó De la Espiga.

Un criado se la sirvió, ya cargada. Era un arma ricamente decorada con planchas grabadas con escenas de caza. Sin desmontar, el conde apuntó, y cuando el lobo estuvo lo bastante cerca su índice acarició el gatillo. Pero cuando todos esperaban ya la muerte de la fiera, el conde desvió bruscamente el arma y disparó. El dardo hirió al cordero bajo el omóplato, y el pobre animal dio un brinco y lanzó un ahogado balido antes de caer muerto.

—¡Sacad al corderillo! —gritó el conde con su voz ridículamente aguda, de gaviota—. ¡Quiero que esa bestia fenezca de hambre, que le rechinen los dientes y le atormenten las entrañas, que pase las de Caín antes de exhalar su último y apestoso aliento!

Dos monteros se apresuraron a cumplir la orden. El capitán miró con lástima al cordero sacrificado, y también al lobo condenado a tan cruel pena.

—¡Trescientos ducados a quien mate a un gran lobo negro! ¡Cincuenta por cada lobo gris! —chilló el conde, alzando la ballesta.

—El que apesta es el conde de la Espiga, no el lobo —volvió a interrumpir Miguel.

—A mí tampoco me cae nada bien —convino el padre, que aprovechó la interrupción para picar y beber algo—. Pero ten en cuenta que un lobo ha matado a su hijo. Y además, en esos tiempos los lobos eran enemigos del hombre. No se obtenía nada de ellos, y mataban el ganado, no sólo para comérselo, sino a veces por placer. Unos lobos podían matar de una vez cuarenta o cincuenta ovejas, y la misma masacre podía hacer un zorro en un gallinero, condenando al hambre al granjero y a toda su familia. A veces, pocas, si estaban muy hambrientos, los lobos podían atacar a los hombres. No estaban en peligro de extinción, y no se les veía como seres vivos que contribuyen a mantener el equilibrio ecológico, sino como fieras peligrosas y dañinas. Aunque ya sabían que la naturaleza no es inagotable, y por eso no se podía cortar leña en los bosques del señor, ni cazar en sus tierras, bajo severas penas.

Dio otro trago.

—Aun así, estoy de acuerdo: el conde apesta.

—¿Puede haber matado él a don Ramiro?

—Hombre... Es su padre.

—Hay padres que matan a sus hijos.

—Es cierto, ya veremos. ¿Nos acostamos ya, o seguimos?

—Seguimos un rato, ¿no?

Volvió a beber antes de retomar el relato.

Se abrieron las puertas del coto, y vítores, cuernos, trompetas y ladridos corearon el inicio de la batida. Los caballos saltaron la zanja, con Monroy a la cabeza. Monteros y perreros seguían jadeando a los sabuesos a los que sujetaban con una correa o traílla, los caballeros iban detrás y los criados se esforzaban por no rezagarse. Unos perros se detuvieron ladrando alrededor de unas matas aplastadas. Habían encontrado el encame de un jabalí, el lugar donde se había echado a descansar. Los monteros soltaron los perros de presa, que corrían siguiendo la pista.

Un ciervo, aterrado por los gritos, los silbidos y los tambores, salió de unos matorrales y corrió buscando refugio en la espesura. Algunos caballeros siguieron a la nueva presa, mientras otros continuaron tras la jauría que perseguía al jabalí. El capitán Miguel, algo retrasado, pues *Alabardo* no era caballo que pudiera competir con los otros, decidió tomar una vereda y abandonarla después para subir a un otero. Desde esa altura distinguió, hacia poniente, unos batidores que acechaban entre la maleza, prestos a espantar alguna pieza al claro del bosque, donde aguardaban varios cazadores. En dirección opuesta, los alanos y dogos habían acorralado a un jabalí y lo cercaban y atacaban para que no huyera antes de que llegara algún cazador. Pronto lo hizo uno, armado de una lanza. El capitán Miguel reconoció a Hambrán. Pese a estar vestidos con cotas de malla para protegerse de los colmillos del jabalí, uno de los alanos agonizaba con las tripas fuera. Se preparaba ya el marqués para alancear a la bestia, cuando ésta embistió a los perros con tal coraje que logró romper el cerco y escapar monte arriba. El capitán Miguel picó espuelas y galopó hacia un punto por el que supuso que pasaría el jabalí, que corría enloquecido, apareciendo y desapareciendo tras árboles y arbustos.

14
Los perros de Hambrán

El capitán Miguel atajó por una ladera hasta llegar a un pequeño claro por el que, según sus cálculos, había de pasar el jabalí herido.

Y no se equivocaba, pues no llevaba mucho esperando cuando escuchó el ruido de su carrera, cada vez más próximo, sus gruñidos de dolor, las ramas y matorrales tronchados a su paso. Desmontó y, tras arrodillarse, apoyó el extremo de la lanza en el suelo, sosteniéndola bajo el brazo. Casi inmediatamente irrumpió en el claro el jabalí, el hocico cubierto de espuma, la respiración acelerada. Dudó un momento al toparse con un enemigo inesperado, pero pronto se decidió y embistió con furia, levantando tierra y hierba con sus pezuñas. El capitán aguardó el choque sujetando con firmeza el asta y dirigiendo la afilada punta de hierro hacia el pecho del animal. *Alabardo* relinchaba, encabritado, cuando el jabalí, en su intento de arrollar a Miguel y herirlo con sus colmillos, fue atravesado por la lanza, sintiendo el capitán algo semejante a lo que sentía cuando hundía un cuchillo en mantequilla, con tal limpieza había traspasado el arma el corazón de la bestia. Su embestida había sido tan fuerte que el asta se había hundido media pulgada en la húmeda tierra. Los colmillos del jabalí quedaron apenas a dos palmos de Miguel, que sintió en pleno rostro el aire exhalado en sus últimos estertores y oyó sus angustiosos silbidos de agonía.

Un silencio profundo y espeso como la brea pareció inundarlo todo. Miguel tranquilizó al jamelgo palmeándolo y hablándole suavemente, y después cortó con su cuchillo una oreja del cadáver, cuyos pequeños ojos brillaban sin expresión. Se disponía a recuperar su lanza cuando oyó unos ladridos aún lejanos que se iban acercando, y el galope de un caballo. Un presentimiento le aconsejó subir al suyo. Nada más hacerlo, surgió de entre unos árboles el marqués de Hambrán, que tiró de las riendas para detener su corcel cuando estuvo ya próximo al capitán.

—Hermosa presa me habéis arrebatado —dijo, mirando el jabalí ensartado—. Yo contaba con que ya era mía... Pero no os lo tendré en cuenta si me entregáis la daga milanesa que encontrasteis en la fuente de los Castaños.

—¿Y para qué la queréis?

—Eso es cosa mía. ¿Me la dais, o no?

—No.

—Pensadlo bien.

—Bien pensado está —replicó con firmeza el capitán.

—Entonces... Luchad para conservarla.

Hambrán arremetió contra Miguel, pero éste, rápido, desenvainó y de un espadazo partió la lanza de su rival. Sacó entonces la espada el marqués, y cargó de nuevo. Pero aunque Hambrán era un espadachín de primera fila, el capitán era superior, y tras varios golpes, amagos, paradas y estocadas, logró desarmarle y ponerle la punta de la espada en su cuello.

—No vais a matarme —dijo Hambrán—. Lo leo en vuestros ojos. Sois demasiado noble, ése es vuestro defecto.

Hizo retroceder su caballo, con lo que el acero del capitán ya no le tocaba la garganta.

—Luchar siempre me da sed —dijo el marqués—. Decidme... ¿De qué color son mis ojos?

Y sacó un frasquito con un líquido amarillo. Se disponía a beberlo cuando Miguel, obedeciendo a una intuición, le dio un golpe con la espada. El frasquito cayó al suelo, haciéndose añicos y esparciéndose su contenido.

—Lástima —se lamentó Hambrán—. Por suerte, en mi castillo guardo más. Por última vez, ¿me dais la daga por las buenas?

—¿Ahora es por las buenas? —sonrió Miguel con ironía—. Por última vez: no.

—Pues entonces corred, si apreciáis vuestra vida. Me siguen veinte perros hambrientos, y a falta de puerco, bien podrían querer cazador.

Se acercaba el estruendo de la jauría, y Miguel vaciló un momento. Sin su lanza, el arma en la que era más diestro, no tendría muchas posibilidades. Hambrán le sonreía, sarcástico. El capitán hizo girar a su caballo, cuando apareció en el claro el guión, el perro delantero, corriendo hacia él, un alano famélico aunque robusto, como todos los de su raza, de color marrón oscuro con manchas negras estriadas. Picó espuelas el capitán, oyó a sus espaldas la risotada de Hambrán y, sin dejar de galopar, se volvió. Con *Ventisquero*, más que galopar, volaría, pero *Alabardo* no daba mucho de sí por más que se esforzara, y el perro ganaba terreno. Miguel, sujetando con la mano izquierda las riendas, apuntó la ballesta con la derecha y disparó. La saeta silbó antes de clavarse con un impacto seco en la poderosa frente del can, que dio una voltereta y quedó tendido en el suelo. Miguel tiró de las riendas y se volvió hacia el marqués, furioso.

Pero el capitán no podía cantar victoria, pues apareció entonces el montero de traílla, arrastrado por veinte perros ansiosos que a duras penas sujetaba. Miguel reconoció al perrero cuya mujer había enloquecido y con el que había intercambiado alguna palabra camino de la cueva del Alma en Pena.

—Mis fieles perros y mi fiel perrero... Sólo él os separa de la muerte, capitán Navarro, sólo él es capaz de sujetarlos y calmarlos. ¿Qué sucedería si resbalara, si se le escurrieran las correas, si abriera la mano? ¡Dadme la daga, os lo pido!

—Sólo se la daré a su dueño —contestó con firmeza Miguel.

—Pues por eso... ¡Dádmela ya, o lo lamentaréis!

—Reconocéis que es vuestra —dijo el capitán—. Eso es tanto como confesar que matasteis a don Ramiro.

—No hay testigos y es vuestra palabra contra la mía... ¿Y quién creerá a un huérfano plebeyo frente a un marqués?

—Os olvidáis del perrero, que ha oído vuestras palabras igual que yo —replicó Miguel.

—Pero el perrero calla, ¿no lo veis? Y callará para siempre.

Y nada más decir eso, Hambrán apuntó con la ballesta a su criado y disparó. El dardo hirió en el pecho al perrero, que se desplomó moribundo.

—Típico accidente de caza... —se burló el marqués—. Ya puede reunirse con su hijo, el palurdo que murió la misma noche que don Ramiro. Es una familia de testigos incómodos: el perrerito me vio matar al condesito. En cuanto al hijo del panadero, es harina de otro costal... Madrugó más de la cuenta, y en lugar de ayudarle Dios, se cruzó conmigo yendo al molino.

—¡Miserable! —gritó el capitán, asqueado.

—Preocupaos por vos. No habéis querido darme la daga… y el que la hace, la paga.

Tras unos instantes de desconcierto por la suerte corrida por su cuidador, los perros, viéndose sueltos, echaron a correr enloquecidos, y atravesaban veloces ya el claro ladrando, flacos como golondrinas, fieros como lobos. Miguel puso a *Alabardo* al galope, abrió la bolsa que contenía los abrojos y los arrojó a voleo por encima del hombro como el sembrador que lanza las semillas. Oyó su tintineo, hasta que se aposentaron en la tierra, todos con una de sus puntas hacia arriba. Unos lastimeros aullidos le anunciaron que había conseguido herir a algunos de los alanos y dogos que pretendían darle caza.

Alabardo no podría aguantar mucho ese ritmo frenético, pero ya quedaba poco para llegar al torreón en ruinas, y el capitán, bendiciendo la visión que había tenido, clavaba sin piedad las espuelas en los flancos del pobre jamelgo, consciente de que en ello le iba la vida. Si los perros pudieran razonar, pensarían que su presa estaba cometiendo un error fatal, subir aquella colina que se convertiría en una encerrona, pues dado lo abrupto de la pendiente resultaba poco menos que imposible huir hacia el río. Cuando Miguel alcanzó su meta, condujo su montura entre las piedras y muros hasta llegar a la esquina del torreón, donde comprobó aliviado que allí seguía la cuerda anudada al gancho. Tiró de ella con toda su alma hasta tensarla, y ancló firmemente el gancho a una piedra. La soga salvaba el barranco y el río, pendiente abajo, hasta el álamo al que había atado la víspera el otro cabo, y junto al cual había dejado a *Ventisquero*.

Hecho eso, armó la ballesta, desenfundó la espada y se aprestó a hacer frente a sus enemigos, cubiertas las espaldas por lo que quedaba de muro y por el barranco. *Alabardo* se encabritó, corriendo el riesgo de despeñarse, y el capitán se apartó un poco, para mantenerse a salvo de sus coces. El primer alano que asomó su chato hocico, un ejemplar enorme y fiero de color arena, recibió como premio un ballestazo en el pecho, y tras dar una voltereta cayó sobre su lomo, su pelo claro manchado de rojo oscuro. Pero inmediatamente aparecieron diez o doce. Tres de ellos se lanzaron sobre el caballo, mordiéndole en las patas y en las ancas, y dos se atrevieron a ir contra el caballero, mientras el resto, en semicírculo, ladraba y amagaba con abalanzarse sobre sus presas, enseñando sus colmillos. *Alabardo* relinchó aterrorizado, y con los cascos golpeó la cabeza de uno de sus atacantes. Sonó un crujido, y el can, con la mandíbula destrozada, comenzó a aullar desgarradoramente. Pero un alano negro había hecho presa en una pata del pobre penco y no la soltaba. Miguel no podía acudir en su socorro, pues bastante tenía con mantener a raya a los que le acosaban a él. Consiguió hundir su espada en el costado de un dogo atigrado, pero otro, aprovechando ese momento, saltó sobre él y clavó sus dientes en su brazo izquierdo. El capitán le aplastó el cráneo con todas sus fuerzas con el pomo de la espada en el cráneo. El caballo había doblado las patas, y sobre él se lanzaron cinco o seis perros, dando un respiro al capitán, que comprendió que era su última oportunidad. Subió al borde del muro. Un alano saltó sobre él, y el capitán consiguió rechazarle de una patada. A punto estuvo de perder el equilibrio. No podía desperdiciar ni un segundo más. Enfundó la espada, colgó de la cuerda la U que le había dado maese Martín y se lanzó al vacío, agarrándose a los extremos de la pieza de hierro con las dos manos. Un perro se abalanzó sobre él, y se despeñó pataleando en el aire. Otro se quedó de pie, con las patas delanteras apoyadas en el muro, ladrando con furia. Después, salió de las ruinas y seguido por otros dos, comenzó a bajar por el monte dando un rodeo para llegar al río.

El capitán se deslizaba vertiginosamente por la cuerda hacia abajo, dejando atrás el barranco, el monte, árboles, matorrales y piedras. Los gruñidos y ladridos sonaban cada vez más lejanos, y a ellos se superponían los relinchos de espanto y agonía del caballo, tan espeluznantes que, si el capitán no hubiera oído otras veces alaridos semejantes, habría confundido con los aullidos de alguna bestia monstruosa. ¡Pobre *Alabardo*, devorado vivo por los canes! Cuando estaba llegando al final de su trayecto, Miguel se soltó para no estrellarse contra el árbol al que estaba atada la cuerda. Cayó al agua, se hundió y salió a flote, entre burbujas. Alcanzó la orilla del río y tranquilizó a *Ventisquero*, al que había sobresaltado su sorpresiva irrupción. Los aterrados relinchos de *Alabardo* habían cesado. Oyó entonces unos ladridos, y vio que venían por la orilla opuesta tres alanos. Se pararon enfrente y redoblaron sus ladridos. Se metían en el agua hasta las rodillas, sin decidirse a vadear el río. Por fin el más atrevido comenzó a nadar hacia Miguel. El capitán se metió en el agua hasta la cintura y aguardó. Fuera de su medio el animal estaba en desventaja. Cuando el perro estuvo suficientemente cerca, descargó un espadazo en su cabeza, y la corriente comenzó a llevarse el cuerpo sin vida del bruto, diluyendo su sangre, mientras sus compañeros ladraban, impotentes y rabiosos. Alzó la vista hacia la torre, y vio a Hambrán erguido sobre su caballo. Le observaba desde allí, seguramente asombrado y furioso por la treta de la que se había valido Miguel para escapar. Desafiante, devolviéndole la mirada, el capitán cortó de un tajo la cuerda por la que se había deslizado.

Montó en *Ventisquero*, agotado. Se miró el brazo. La ropa acolchada con crines de caballo le había protegido del mordisco, y apenas tenía las señales de los colmillos del perro que había logrado hincarle el diente. Gracias a la visión había regateado a la muerte. El capitán, que no creía en prodigios, estaba maravillado. ¿Qué explicación tenía haber recibido aquella señal?

Cabalgaba pensando en el marqués de Hambrán, el asesino de don Ramiro, en su maldad y en la frialdad con la que había flechado a su perrero, pero se sentía atado de pies y manos. La historia resultaría increíble, y sería su palabra contra la suya. La de un noble contra la de un plebeyo, huérfano por más señas. Hambrán tenía razón, bien sabía él cómo solía funcionar la justicia de los hombres. No podía haberse buscado peor enemigo. Se hallaba en un verdadero aprieto.

En Torrelanceros ya se había reunido la mayor parte de los cazadores. Un ciervo y dos jabalíes destripados, pues con sus entrañas se había premiado a los perros, dos lobos, además de media docena de faisanes y numerosas liebres, tórtolas y perdices, se exhibían frente a la tienda principal. Miguel fue a la taberna. Allí estaba Sancho.

—¿Cómo ha ido, mi capitán?

Miguel dejó sobre la tabla la oreja del jabalí que había alanceado.

—Te debo cuatro mil maravedíes.

El rostro del sargento se ensombreció.

—¿Fue el jabalí?

—No.

—Dejadlo en dos mil.

Sin pronunciar palabra, el tabernero puso una cerveza delante de Miguel. Estaba claro que no quería tener a nadie ocupando sitio en su negocio y sin gastar dinero.

—A *Alabardo* lo han despedazado unos alanos.

Los ojos del soldado brillaron furiosos, y descargó un puñetazo sobre la mesa.

—¿De quién?

—Mejor que no lo sepas, Sancho. Sólo te traería problemas.

—Dicen que un perrero ha sido asaeteado por accidente.

—Así es —dijo el capitán—. A veces es muy caprichoso el vuelo de las flechas. Donde murió ese perrero, allí maté el jabalí al que pertenecía esta oreja. Si aún no lo han cobrado, te puedes quedar tú la parte que corresponda. Si recuperas la lanza, devuélvemela.

El gemido de un cuerno de caza rasgó el aire.

—Va a comenzar la comilona —observó Sancho—. Hartaos por mí, capitán.

—Y tú bebe por mí, Sancho —replicó Miguel, señalando la cerveza intacta y dejando una moneda sobre la mesa.

Salió de la taberna y se dirigió hacia la tienda principal. Cerca de una hoguera, un perrero sacaba a un dogo una espina clavada en uno de sus dedos, junto al lecho de paja que iban a compartir. Oyó unos quejidos en la tienda que servía de enfermería, seguidos de un grito agudo. Hasta él llegó, traído por la brisa, el olor de la carne quemada. Acababan de cauterizar una herida a algún montero.

Al doblar una esquina divisó dos figuras negras y anaranjadas por el resplandor de un fuego. Reconoció a Benito y a Hambrán. Su primer impulso fue desenfundar la espada, pero iniciar una reyerta no le traería más que problemas, y se contuvo. Nadie iba a creer su historia sobre el intento de Hambrán de cazarle con su jauría. Con tales pensamientos en la cabeza, llegó a su presencia.

—Me alegro de poder saludaros en este mundo —dijo el marqués con hipócrita sonrisa—. Vuestro criado sostiene afirma que le queréis como a un hermano pequeño menor.

—Así es —dijo Benito, ajeno al sarcasmo de que era objeto—. No lo merezco, pero el capitán me estima aprecia mucho muchísimo.

—Asegura asevera —prosiguió Hambrán— que si le sucediera algo, vos sufriríais padeceríais mucho muchísimo.

Benito sonreía, complacido. Miguel, sabiendo que se burlaba de su ingenuo criado, hubo de contenerse para no abofetear al cínico marqués.

—Si todo el mundo fuese tan inocente bobo como este juntapalabras —Hambrán removió los cabellos de Benito— el diablo tendría que buscar otros mundos.

Dicho eso, el marqués se dio la vuelta y se dirigió hacia la gran tienda en la que estaba a punto de iniciarse el banquete.

—¿Qué haces en compañía de un marqués, Benito?

—Él me ha llamado convocado —se justificó el mozo.

—No hables con él nunca más —exigió Miguel.

Benito le miraba asustado. Nunca le había visto tan seco, tan duro, tan reconcentrado.

—¿Por qué?

Dudó el capitán si revelar la verdad a su paje, pero temió que, llevado por la indignación, cometiera alguna imprudencia y prefirió seguir guardando su secreto.

—Es un marqués y nos desprecia. Y no vayas diciendo por ahí que te quiero como a un hermano pequeño. Eso tiene que quedar entre nosotros, hay gente que no lo comprendería. Y esta noche no salgas ni merodees por ahí. Quédate en la tienda, y siempre con alguien, nunca a solas. Acuérdate de Gabriel, y del hijo del perrero.

—Perdón, mi capitán —Benito inclinó humildemente la cabeza.

Miguel, en un gesto inusual, apoyó la mano en su hombro. Su expresión volvía a ser suave y serena.

—No debes pedírmelo, no has hecho nada malo.

—Dicen que a su perrero le alcanzó una saeta perdida.

—Para Hambrán su perrero valía menos que sus perros.

El capitán presentía nuevos peligros, e imaginaba ser como un prisionero con los ojos vendados incapaz de adivinar cómo sería el próximo golpe, aunque al menos ya sabía de quién vendría.

15
Acordaos, por Dios, señora...

Ya había sonado el cuerno para convocar a los comensales, ya se habían sentado los principales cerca del señor y ya se había bendecido la comida. Ya había comenzado, pues, el festín, y unos cincuenta invitados, todos vestidos con tonos oscuros en señal de duelo con la excepción de Hambrán, ocupaban la larga mesa, formada por varias tablas de madera sostenidas por caballetes presidida por el señor de Monroy, desde una mesa pegada y un poco más alta por hallarse sobre un estrado. A su izquierda se sentaba el conde de la Espiga, que bebía de la copa de vino con expresión reconcentrada, como si odiara cada trago que daba, como si de cicuta se tratase, y a su derecha el marqués de Hambrán, que había tenido la insolencia de no guardar luto. Era posiblemente una forma de demostrar su antipatía y desdén por el conde, alguien, al fin y al cabo, con un título inferior al suyo. Calzaba unos botines más puntiagudos de lo normal, las mangas realzadas en los hombros, y un jubón rojo cortísimo, que dejaba a la vista las calzas, de un llamativo color amarillo. Se jactaba de crear la moda, no de seguirla, y destacaba entre los comensales como destaca una flor en medio de un barrizal.

Muchos le admiraban y envidiaban, y sólo el capitán sabía lo que en realidad era, un alma corrompida. Era como la alpaca, una aleación que finge ser un metal noble.

Cuchillos, copas, cucharas, tenedores, cuencos, de madera, de plata, de cuerno de vaca, de estaño, se repartían sobre los manteles. Había bandejas con faisanes, que se servían adornados con las plumas de la cola, rebanadas de pan candeal con carne y salsa de pimienta, pasteles de hojaldre, queso, pescado en salazón, sopa de ajo, tórtolas rellenas, liebre y conejo guisados en vino, cebolla, zanahoria y laurel, y otras viandas. Dos trinchadores y dos pajes, después de haber cortado para Monroy, Rosalba, el marqués y el conde los mejores trozos del jabalí que el marmitón había asado entero, servían la carne a quienes así lo requerían. Bajo la mesa, un par de perros roían huesos, y de los que estaban arriba, no todos guardaban las más elementales normas de educación, y de vez en cuando se oía un eructo o se veía a alguno meter la carne en el plato con sal.

Aquí y allá se cruzaban las conversaciones, las risas, las anécdotas de caza y de guerra y las fanfarronadas.

—Fue en tiempos de mi bisabuelo Tiburcio... El furtivo había caído en un agujero, y el jabalí sólo llegaba a herirle en las nalgas. ¡Debió de ser todo un espectáculo cuando le ahorcaron con el culo cien veces rajado!

El copero no daba abasto, vertiendo el apreciado vino de Monroy de la jarra que un paje rellenaba cada poco, y que algunos preferían mezclar con agua.

—¡Despensero! ¡Que azoten al despensero! ¡Hay un gusano en mi trucha!

—¡Tranquilo, don Luis! ¡Será con el que la han pescado!

Don Recaredo contaba las proezas de su halcón, éste cómo, en su dorada juventud, tras un naufragio, había comido hormigas e incluso tiras de cuero hervidas, y aquel, por enésima vez, cómo había abatido un oso, en sus años mozos, con una lanza y un hacha. Unos músicos tocaban sus instrumentos, corrían las jarras de vino y cerveza y las bandejas con diversas exquisiteces, y un acróbata hacía piruetas.

El capitán Miguel no podía dejar de lanzar con disimulo miradas a Rosalba, sentada al lado de Hambrán. Llevaba un tocado negro sujeto con alfileres de cobre y un ajustado corpiño del mismo color, bajo el brial de terciopelo, también negro, bordado en oro y con cinturón de pedrería, las mangas ajustadas a los puños con cenefa de perlas. Observaba luto por don Ramiro, pero su alma no podía dolerse verdaderamente de su muerte, pues apenas le había visto en dos ocasiones, y en una de ellas cuando sólo tenía tres años. Se fijó el capitán en que la muchacha se las había arreglado para prender en el tocado una reina negra de ajedrez, y ese detalle, como un mudo mensaje de amor, hizo que su corazón se llenara de esperanza.

A un músico, que cantaba un romance fronterizo sobre el cerco de una ciudad, se le rompió una de las cuerdas del laúd, y un caballero se burló de él y le lanzó una pata de faisán. Otros siguieron su ejemplo, y el músico huyó perseguido por una lluvia de quesos, truchas, hogazas y huesos, además de improperios y burlas.

Yo también estoy sitiando una ciudad, se dijo Miguel, *una ciudad que se llama Rosalba*. Y en eso estaba pensando, cuando la voz de doña Almudena se apoderó de todos los oídos:

—Capitán Navarro... ¿Podríais vos sustituir al músico? Me han asegurado que sois dueño de una voz muy hermosa.

Doña Almudena era la esposa de don Recaredo, el caballero que había cazado con halcón. Llevaba un escote hasta el ombligo, y las aberturas a los lados de su vestido eran tan grandes que explicaban por qué a las sisas las llamaba don Hernando «ventanas del infierno»; aunque eso sí, iba de riguroso negro. Su tez era pálida, y sus cabellos claros, teñidos con una pasta hecha a partir de la cocción de ciertas raíces y cortezas.

Miguel iba a declinar cortésmente la petición, cuando dos miradas de muy diferente índole le hicieron cambiar de opinión: una, expectante, la de Rosalba, y otra, burlona, la de don Esteban de Hambrán.

—Me place de buen grado, señora —dijo el capitán—. Escogeré una del llorado Jorge Manrique.

—También Garcilaso vivió como poeta y murió como guerrero —comentó doña Almudena—. ¡Cuántas poesías nos ha robado la guerra! Me han contado esta mañana que vos le rescatasteis en Le Muy, entre una lluvia de flechas... ¿Es eso cierto, capitán?

—No me gusta alardear de ello, señora.

Doña Almudena torció el gesto, pues no estaba acostumbrada a recibir una negativa por respuesta. Ya le habían traído al capitán un laúd, y tras concentrarse unos segundos, empezó a tañerlo y pronto su canto se elevó sobre el melodioso sonido de las cuerdas.

—Acordaos, por Dios, señora, cuánto ha que comencé vuestro servicio, cómo un día ni una hora nunca dejo ni dejé de tal oficio; acordaos de mis dolores, acordaos de mis tormentos que he sentido, acordaos de los temores y males y pensamientos que he sufrido...

Progresivamente, según avanzaban las estrofas, habían ido callando los ruidosos comensales como fieras amansadas por la lira de Orfeo, y el capitán Miguel, aunque eludía mirarla, sentía los ojos de Rosalba puestos sobre él y se acordaba de la reina negra en su tocado, y eso impregnaba su voz de una emoción especial, que iba calando en sus oyentes como la fina lluvia en el pasto seco.

—*Acordaos de los enojos que me habéis hecho pasar, y los gemidos; acordaos ya de mis ojos, que de mis males llorar están perdidos; acordaos de cuánto os quiero acordaos de mi deseo y mis suspiros; acordaos cómo si muero de estos males que poseo, es por serviros...*

Aunque a todos los presentes embargara la sensación de que el capitán cantaba para ellos, lo cierto era que únicamente lo hacía para Rosalba, sólo a ella iba dirigida su canción. Y la joven, pese a que guardaba impecablemente la compostura, pues para eso había sido educada desde niña, y ningún gesto de su semblante ni de su cuerpo traicionaba lo que se movía en su interior, sentía cómo la suave voz del capitán, la melodía del laúd y los melancólicos versos se iban apoderando de ella, y era consciente de que nada hacía para evitarlo, sino que se dejaba invadir con placer y serenidad.

Mientras Miguel recitaba, se levantó el marqués, y fue bordeando la mesa en dirección a la salida, cuidándose, como era su costumbre, de pegarse a un lateral de la tienda para ofrecer únicamente su perfil derecho. ¡Ah, cuántas veces y con cuánto odio había maldecido a ese toro que le había desfigurado! Cuando llegó a la altura de Miguel, que seguía cantando, se inclinó para susurrarle, con su mordaz y habitual ironía:

—Un consejo de viejo: menos Jorge Manrique, alfeñique, y más Maquiavelo, jovenzuelo.

Sin inmutarse, Miguel acabó su canción.

—*...consentid que vuestro sea, pues que vuestro quiero ser, y lo seré, y perded toda la duda que tomasteis contra mí de ayer acá, que mi servir no se muda, aunque vos pensáis que sí, ni mudará.*

Apartó el laúd, y muchos de los asistentes prorrumpieron en aplausos, siendo las más entusiastas las damas. Rosalba, incapaz de disimular por más tiempo su emoción, se levantó, pasó a su lado y abandonó la tienda. Miguel tuvo el deseo de seguirla, pero tal acto a la vista de todos sería sin duda comentado y no pasaría desapercibido para el señor de Monroy. Aguardó, pues, un rato, y al ver que Rosalba no regresaba y que ya había pasado un tiempo prudencial, dejó su asiento y se dirigió hacia la salida de la tienda. Pero, antes de franquearla, vio a Benito en la calle junto a la puerta, a la vez que oía a través de la tela la voz de Crispina:

—Benito bonito... Quiero veros en secreto, es urgente y referente al malogrado don Ramiro y al marqués de Hambrán, ¡valiente truhán! Cuando ya haya salido la luna llena, id al granero junto a la fuente serena, una hoguera os guiará, sed prudente...

—¿Y no podría ser ahora mismo ya? ¡Ardo me consumo de impaciencia!

—¡También yo muero por estar a solas con vos, ángel mío! ¡Yo iré al granero, y vos id al grano! Pero cuando la luna haya salido.

El capitán oyó unos pasos que se alejaban. Se cercioró de que nadie le prestaba atención, pues tras haber recitado el poema de Jorge Manrique el jolgorio había retornado a la mesa, y salió velozmente de la tienda para agarrar del pescuezo a su criado.

—Quieto ahí, pillastre, ¿así obedeces mis órdenes? ¿Dónde crees que vas a ir?

—A resolver un misterio enigma y a reunirme con la dama de mis sueños que me quita el sueño.

—¿Estaba contigo?

—Sí... bueno... —titubeaba, cabeceando—. Sólo oí su voz.

—No vayas —la expresión sombría de Miguel amedrentó a su paje—. Temo una emboscada.

—¿Crispina, tenderme una emboscada a mí? —preguntó, incrédulo.

—Yo iré en tu lugar —dispuso el capitán—. Di mi palabra a vuestra madre de protegeros.

Y como veía que Benito dudaba, añadió con acento seco y autoritario:

—Es una orden. Vuelve a las cocinas.

Obedeció a regañadientes el escudero.

Vio entonces el capitán una figura femenina de espaldas que él reconocería entre mil. Se acercó. Era Rosalba, que miraba al campo. Sin volverse, le dijo:

—Miguel... Esos versos son hermosos por sí solos, pero en vuestra voz eran los más hermosos del mundo. Han iluminado esta noche tan oscura.

—En esta noche que ahora es tan oscura pronto va a brillar una luna llena y clara. A punto está de salir.

Rosalba se volvió hacia él.

—¿Y cómo lo sabéis?

—A un soldado le conviene saber qué luna va a haber, y cuándo y por dónde va a salir. Venid, os lo mostraré. El hombre es capaz de hacer versos y otras cosas muy hermosas, pero la Naturaleza siempre le supera.

No se atrevió el capitán a ofrecerle la mano, y caminó cuarenta o cincuenta varas, seguido por Rosalba, hasta unas rocas que se elevaban sobre el terreno. Allí se sentaron. Una multitud de ranas llenaba el campo con su desafinado concierto, llamando los machos a las hembras. Era la llamada del celo, la llamada del amor.

—¿Se preocupará vuestro padre por vuestra ausencia?

—Ordené a Crispina que le dijera que me sentía indispuesta. No aguantaba ya más tanto ruido, ni las miradas de Hambrán, como si quisiera comerme.

Sintió Miguel que le hervía la sangre, pero calló. No quería que Rosalba pensara que estaba celoso. Permanecieron en silencio, hasta que una ligerísima claridad empezó a herir la noche.

—Atención —dijo Miguel—. La luna desea saludaros y rendir culto a vuestra hermosura.

El astro empezó a asomar en el horizonte, como si fuera un amanecer. Era una luna enorme y anaranjada, que se levantaba perezosamente, aunque sin pausa, derramando su luz sobre la tierra.

—¡Es inmensa! —murmuró Rosalba—. Y preciosa. ¡Parece que si saliéramos corriendo, la podríamos tocar!

Acercó el capitán su mano a la de Rosalba, y acarició por un momento sus dedos, pero enseguida ella los retiró, sin que ninguno pronunciara palabra.

El espectáculo duró un rato, y según subía, la luna se iba empequeñeciendo y haciendo más blanca. Se sentían felices.

—Sería una hermosa noche para morir —murmuró el capitán, como hablando consigo mismo.

—¿Por qué decís eso? —se alarmó Rosalba, poniéndose instintivamente la mano en el corazón.

—Porque me llevaría conmigo este momento tan dichoso —contestó con sencillez el capitán—. Ha hablado en mí el soldado —agregó.

—Ya tengo que irme —dijo Rosalba—. Si a mi padre se le ocurre ir a ver cómo me encuentro…

—Oye, papá, perdona que te interrumpa, pero... ¿por qué la luna se ve tan grande cuando sale? ¿Es porque está más cerca?

—No. Es una ilusión óptica. Creo que es porque el ojo, cuando está en el horizonte, tiene referencias para compararla, y por comparación, la hace más grande O algo así. El cerebro reordena la realidad, la reinventa, para asimilarla. De eso se valen los magos para muchos de sus trucos.

Calló Miguel, intentando comprender lo que su padre le decía.

—¿Va a morir el capitán? —preguntó de pronto—. ¿Ha tenido un presentimiento?

—Ya veremos. ¿Quieres que siga?

Miguel asintió.

Regresaron al campamento. Se detuvo Miguel a cierta distancia, para que nadie pudiera verles juntos, y vio cómo la muchacha desaparecía entre las sombras.

A solas, el capitán respiró hondamente. Corría un aire tranquilo y, más allá del ladrido de algún perro y del barullo del banquete, la noche presentaba una cara silenciosa y amable. A unos doscientos pasos las llamas de una hoguera iluminaban una fuente y la entrada de un granero de madera, alargado y de la altura de tres hombres puestos uno encima del otro. Oyó un ruido, y supuso que Crispina ya se encontraba en él. Hacia allí se dirigió, con el corazón latiéndole desacompasadamente, nervioso por saber qué había descubierto la doncella sobre Hambrán y la muerte de don Ramiro. Quizá encontrara en Crispina la ayuda necesaria para desenmascarar al marqués.

Aún sentía en sus dedos el tacto de los de Rosalba.

16
La muerte

La mancha veloz de un gato se cruzó en su camino. ¿Era un presagio de la muerte? Avanzaba el capitán por la calle solitaria a buen paso, erguida la espalda, dulce la mirada, el gesto gallardo, presta la espada.

Las estrellas parecían pequeños rotos en el manto del cielo. Acostumbrado a las encerronas y los peligros, y pensando que con suerte iba a reunir pruebas contra el marqués, no bajaba la guardia y tenía los cinco sentidos alerta. Todo lo iluminaba la luz lechosa de la luna, menos la sombra alargada y negra de Miguel. Llegó a la fuente, y llegó al fuego y a la puerta del granero. Se hallaba entornada, y al empujarla se abrió con un chirrido de sus goznes oxidados. En el interior, las llamas de la hoguera rompían la oscuridad en las inmediaciones de la entrada, mientras el fondo permanecía en tinieblas. Oyó un relincho, los cascos de un caballo. Avanzó dos pasos. La voz de Crispina le detuvo.

—Capitán, no os esperaba a vos, sino al memo patán de Benito Boniato…

Desconcertado por aquella palabras burlonas y ofensivas, el capitán guardó silencio.

—Mejor, vos sois mucho más apuesto que esa estúpida criatura, más insulsa que una sopa de hierbajos. Aunque lugar indicado era para él el granero, pues de granos está lleno su rostro de merluzo besugo.

—¿Qué necedades son ésas que salen de vuestra boca, Crispina? —reaccionó al fin ante aquella sarta de impertinencias—. ¿Tenéis sorbido el seso?

De pronto surgió de la oscuridad un bulto negro, montado en un caballo igualmente negro. Instintivamente, el capitán llevó la mano al pomo de su acero. Echó de menos, en ese momento, la fuerza de su lanza. Sin embargo, la voz de Rosalba hizo que se relajaran sus dedos.

—Capitán, ¿me tenéis miedo, tanto como para echar mano a la espada? ¿Y qué forma de hablar a mi querida y leal doncella es ésa? ¡Cuánta descortesía, Virgen María! ¡Habrase visto, por los clavos de Cristo!

Miguel, confundido, no supo qué contestar, y guardó silencio, expectante. El jinete no se movía, y aunque sólo duró unos segundos, aquel silencio se hizo larguísimo, cargado de tensión y misterio, hasta que el capitán lo rompió.

—Vuestra doncella había citado aquí a mi paje. En lugar de proferir sandeces, que hable y me diga qué pretendía revelarle acerca de don Ramiro y del marqués don Esteban de Hambrán.

El caballo resopló, y sus cascos golpearon contra la tierra y la paja.

—Qué impaciente sois, ángel mío.

La suave voz de Rosalba había vuelto a acariciar sus oídos.

Y bruscamente, resonó en todo el granero una risa cruel y espeluznante, la más terrorífica que Miguel había oído en toda su vida (y el capitán había oído algunas verdaderamente terribles, como la de un mercenario que disfrutaba decapitando a sus prisioneros). Era una risa inhumana, de lobo, de hiena, de bestia inmunda carente de sentimientos e ignorante de lo que significan términos como piedad o misericordia. Y a continuación, la voz traicionera de Hambrán hendió el aire:

—¿Sorprendido?

Estupefacto, Miguel intentó traspasar con sus ojos la oscuridad, pero no logró distinguir nada más en aquel bulto oscuro e imponente. Retrocedió un paso y desenvainó su espada. De entre las sombras surgió por fin el jinete que se ocultaba en ellas. Era Hambrán, montado en un soberbio corcel árabe que piafaba inquieto, ansioso por emprender el galope. Clavado en el suelo, Miguel era incapaz de descifrar qué ocurría, y deseó estar en una pesadilla y poder despertar de golpe en su lecho.

—Uno de mis poderes es que puedo imitar cualquier voz —era la de Rosalba, pero salía de los labios del marqués—. Así engañé a mi amado don Ramiro, le cité en la fuente de los Castaños, prometiéndole un avance de mi amor —y dicho eso, soltó una maligna carcajada—. Ignoro por qué —ahora hablaba con su verdadera timbre, grave y seductor—, pero las risas no las puedo imitar, y eso que llevo cuatrocientos años practicando. Aunque seáis muy joven, ya deberíais saber que el amor es con frecuencia causa de perdición. Iba a ser la de ese gañán mastuerzo juntapalabras que tenéis por escudero, y me temo que ahora será la vuestra.

Era como para volverse loco: esas últimas palabras las había pronunciado con un tono de voz idéntico al de Miguel. Valiente como era, el capitán recuperó el ánimo.

—¿Quién sois?

—Alguien digno de conocer. Me castraron para servir en el harem del moro Mustafá, por eso se me quedó así la voz

—ahora había imitado a la perfección el tono femenino del conde de la Espiga.

Y volvió a reír.

—¿Sois el Diablo?

—No exactamente, pero es buen amigo mío, y soy casi tan viejo como él —había hablado ahora con la voz de Monroy—. Pero basta ya de juegos, hemos llegado al punto en el que la cosa se pone seria. Este reino, y no digamos este granero, es demasiado pequeño para nosotros dos. Uno debe morir.

—La L que tenéis en la mejilla izquierda —replicó Miguel, con voz serena— es la firma de Lucifer.

—No exactamente, ya os lo he dicho. ¡Y qué manía con el Diablo!

Con un golpe de talón Hambrán hizo avanzar a su montura. Ahora apenas cuatro pasos le separaban del capitán, que podía sentir el aliento caliente del caballo.

—Vos habéis asesinado a don Ramiro y al hijo del perrero y al del panadero, vos o vuestros perros, además de a vuestro perrero.

—Eso ya lo sabemos ambos, lo importante es que nadie más lo sepa. No deberíais haber encontrado mi daga milanesa… Por cierto, muy ingenioso vuestro ardid para huir. Y gracias, mis perros podrán estar una semana más sin necesitar que les alimente, merced a la gentileza de vuestro penco.

—Supongo que os referís a los que quedaron con vida. —El capitán mantenía la espada con el brazo extendido al frente y la punta hacia Hambrán—. ¿Con qué fin citasteis aquí a mi criado?

—Oh, debería estar claro… Para empezar, es un miserable que cumplió ya los catorce y no ha hecho méritos para sobrepasar esa edad en la que se deja de ser un muchacho y se pasa a ser un hombre. Muy pocos merecen dar ese paso, pero por desgracia muchos se me escapan; en fin, hago lo que puedo —suspiró con resignación—. Digamos que pongo mi granito de arena.

—¿Y por eso cometéis tan nefandos crímenes? ¿Por qué consideráis, como si fueseis el Juez Supremo, que esos desgraciados no deben llegar a ser hombres?

—Bueno, confieso que ese es un pretexto para hacer aquello a lo que mi naturaleza lobuna se siente irresistiblemente inclinada. En cuanto a lo de vuestro criado, se sumaba el hecho de que os quería hacer sufrir a vos. Se me ocurrió cuando me confió que le queréis como a un hermano pequeño menor… —en esta última frase había imitado la voz de Benito—. Tenía pensado ofrecerle los favores de Crispina a cambio de que me consiguiese cierta daga milanesa italiana, pero os entrometisteis vos antes de ofrecerle ese trato. Por supuesto, lo que iba a encontrar ese cernícalo era mi espada en lugar de la daga. Y luego, para que veáis que no soy tan pérfido, para aliviar vuestro sufrimiento planeaba mataros a vos, un par de días más tarde. Me priváis del placer de veros sufrir por la muerte de ese Benito Boniato… Pero os lo adelanto, después de vos, el turno será suyo, y echaré sus tripas a mis perros. Se conforman con cualquier cosa, los pobres. ¡Tienen olfato, mas no paladar!

—Marqués, me inspiráis sincera lástima: carecéis de sentimientos.

—Oh, no es que carezca de ellos, lo que sucede es que son distintos de los vuestros. Si en vuestro corazón anida el amor, en el mío vive el odio; si vuestro espíritu es noble, el mío es vil; si vos conocéis el placer del perdonar, yo soy doctor en rencores y castigos, y el ansia de infligir daños y ofensas medra en mí como las zarzas entre las piedras. Hacer el mal es para mí fuente de sutil placer, como para otros lo es hacer el bien.

—¿Y cómo podéis vivir así?

En el acento del capitán se mezclaban el horror y el desprecio.

—¡Vive Dios, qué inocente sois! Cada uno ha arreglárselas para vivir con lo que posee y con lo que es. Y aunque yo no presumo de ser aplicado estudiante, he tenido cuatrocientos años para aprender.

—¿Por qué habláis de cuatrocientos años? ¿Por qué lo hacéis? ¿Por qué matasteis a don Ramiro y a esos dos muchachos, por qué disfrutáis con el dolor ajeno?

El capitán a duras penas se podía contener para no abalanzarse sobre aquel desalmado.

—Calma, calma, tantas preguntas encadenadas me aturullan. Ya que os voy a matar, ya que no vais a salir vivo de aquí, ya que nadie podrá escuchar vuestras palabras, salvo que habléis desde el Más Allá, colmaré vuestra curiosidad. Me place condenar a muerte a los villanos, pero vos demostráis valor y os concederé el responderos como si ése fuera vuestro último deseo.

—¿Amáis a Rosalba?

Hambrán hizo que su caballo diera una vuelta alrededor de Miguel, quien siguió sus movimientos, girando a su vez, la espada manteniendo a distancia a su enemigo.

—¿Amar? —el marqués rió, con una risa que a otro menos bravo que Miguel le habría helado la sangre—. ¿Tan blando me creéis? ¿Me habéis tomado por un personaje de alguna de vuestras cancioncillas? No, capitán. Os confío un secreto —había bajado el tono de voz, como si efectivamente se aprestara a realizar una confidencia—: A veces me cuesta amarme incluso a mí mismo.

—Decidme por qué lo hicisteis, pues.

—Rosalba ha de ser para mí.

Cada vez le resultaba más difícil al capitán no lanzarse sobre el marqués.

—Decidme quién sois, antes de que os corte la cabeza y ya ninguna de vuestras palabras vuelva a tener la oportunidad de corromper el aire —dijo con voz pausada—. Si no sois Lucifer, ¿quién sois?

—Soy otra cosa, pardiez.

—¿Qué otra cosa?

—Un lobo —Hambrán desenfundó su espada, y el ruido del metal sonó como el rechinar de los dientes de esa fiera—. Por eso el destino me marcó con la L. L de Lobo, no de Lucifer, como vos parecéis empeñado en creer.

—¿Un lobo? —atónito, Miguel miraba a su enemigo—. ¿Fuisteis vos quien…?

—Sí, fui yo quien os ataqué, fui yo quien hinqué mis colmillos en vuestra carne. No sólo teníais catorce años y no merecíais convertiros en un hombre, no sólo erais un despreciable huérfano, sino que os habían nombrado preceptor de ajedrez de quien ha de ser mi esposa. Hube de marcharme sin acabar mi tarea, pues llegó una turba de campesinos y no pude regresar al día siguiente para rematar la faena, ya que tenía urgentes asuntos que resolver lejos de aquí.

—Un lobo sois…

—Sí, pero no uno cualquiera: soy un lobo que habla. El último de mi estirpe. Mi primera transformación en bestia sucedió hace cuatro siglos. Por un momento sentí estar muerto y deseé con todas mis fuerzas estar vivo. Y cuando me vi en el espejo, sabiendo estar vivo deseé con todas mis fuerzas estar muerto. Es el precio de no envejecer y vivir eternamente... Pero a todo se acostumbra uno. Hace tiempo vi a Rosalba de Monroy bañarse en el río. Bendita, creía estar a solas con esa palurda que siempre la acompaña, pero... ¡Oh, que hermoso y gentil espectáculo brindó a mis ojos, con qué generosidad se mostró! ¡Merecería su belleza ser inmortalizada por un pintor tal y como Dios la trajo al mundo!

—Sois infame y vil —Miguel sentía que la sangre se le subía a la cabeza, encendido de cólera—. Ese toro no os desfiguró, ese toro os desenmascaró.

—Y para mayor deleite, observé en uno de sus muslos de alabastro la marca. No creo que vos la hayáis visto la noche que recitabais versos asomado al balcón de su cuarto... ¿Os sorprendéis? Yo os seguí esa noche.

—¿De qué marca habláis? —preguntó Miguel, y supo que los ojos que había visto brillar en la oscuridad del campo no habían sido producto de su imaginación.

—La marca que, según predijo la bruja Anastasia, indica que puedo tener descendencia con ella. Una mancha en forma de lobo. La marca que llevo centurias buscando por todo el mundo... y resulta que al final la he hallado a dos pasos de mí, bajo el techo de mi buen amigo don Isidoro de Monroy. Pero no me arrepiento de mis viajes. He visto hombres que parecían monos y monos que parecían hombres, caníbales con lepra, animales extraños y feroces, mujeres de relajadas costumbres... En las selvas del Brasil hice que desfilaran ante mí trescientas muchachas desnudas, pero ninguna tenía la marca, y lo mismo hice en África, y en las Filipinas. Con muchas yací, pero ninguna me pudo dar hijos. Y en esos viajes encontré a los otros cuatro hombres lobo que han existido.

—¿Muertos están, puesto que decís ser el último?

—Muertos, sí, y bien muertos, ya que rehusaron aliarse conmigo para reinar en el mundo. Y una vez muertos, me dije: mejor así, pues yo y mi linaje reinaremos solos... Pero para eso necesito linaje, es decir, hijos, y únicamente Rosalba puede proporcionármelos. Demasiado ancho es el mundo, demasiados mares hay, como para dominarlo uno solo, por muchos poderes que tenga y por muy lobo que sea. Y vos, no seáis hipócrita, ¿sentisteis la muerte de don Ramiro? Porque, caro mío, se puede leer en vuestra cara como en un libro que os consumís de ridículo amor. Y ya que os obcecáis en identificarme con el ángel rebelde, ¿no era Lucifer el portador de la luz?

Pronunciadas tales palabras, sonó un chasquido, brilló una chispa y brotó una llama de una antorcha que asía el marqués.

—Pues ya me tenéis portando la luz. —Ahora un resplandor naranja iluminaba su figura y el granero—. Hay aquí unos amiguitos míos colgando del techo, vagos redomados que aún no han salido a cazar, o tontos retontos que ya han creído que llegó el invierno... Les he visitado antes, y ahora les despertaré, para que os saluden. ¡Hasta a las bestezuelas conviene aprender modales!

Y dicho eso, espoleándolo y tirando de las riendas, Hambrán hizo que su caballo se levantara sobre las patas traseras, e irguiéndose sobre los estribos, agitó cerca del techo la antorcha, lanzándola luego hacia lo alto. Se oyeron unos chillidos agudos y penetrantes, y en una negra confusión, cientos de murciélagos comenzaron a volar buscando la salida que taponaba el capitán. Los pequeños monstruos volaban desorientados, y cuando por fin descubrían el vano de la puerta, hacia ella se dirigían, aterrorizados y enloquecidos por el fuego. El capitán, que con los ojos cerrados blandía la espada para alejarlos, sentía numerosos impactos, como si le apedrearan, y no pudo impedir que algunos de los murciélagos le hicieran pequeñas señales en el rostro con uñas y dientes, antes de encontrar la salida y perderse en la negrura de la noche.

Reía el marqués de Hambrán, mientras, aturdido, Miguel se palpaba la cara dolorida, en la que algunas heridas sangraban.

El corcel árabe resopló, conteniendo a duras penas su brío, se elevó de nuevo sobre sus patas traseras y avanzó un poco, pisoteando y apagando con los cascos delanteros la antorcha, y haciendo retroceder a Miguel.

—¿Os han hecho daño mis impetuosos amiguitos, capitán?

—Olvidados están, pues idos se han. En cuanto a vos, ¿ser un lobo no os duele?

—Puede.

—Vuesa merced no puede ser tan perversa, se arrepentirá.

—Lo dudo mucho… pero quizá.

Mientras hablaban, ambos estudiaban a su adversario, buscando un punto débil, un fugaz despiste.

—Ella se vengará a su vez.

—Tal vez, pardiez. Y ahora, empieza lo serio, ya basta de palabras y de murciélagos, se acabó el juego… ¡En guardia, os lo ruego!

Hambrán lanzó una estocada mortal, pero el capitán se hizo a un lado y el acero del marqués cortó el aire cerca de su cuello. En su siguiente ataque hizo girar su caballo alrededor de Miguel, e inclinándose ágilmente, tiró un tajo que, sin llegar a herirle, le rasgó las calzas, dejando a la vista la mancha roja de su muslo.

—Cobarde. ¡Desmontad, si os atrevéis!

—No es que no me atreva —se burló Hambrán—. Es que sería de bobos hacerlo. No soy yo caballero a la antigua.

—Pues entonces...

De un tajo, Miguel cortó la cincha que sujetaba la silla. Asustado por el brusco movimiento, el caballo se encabritó, y el marqués, suelta la silla, dio con sus huesos en el suelo. Caballeroso, el capitán permitió que Hambrán se levantara.

—Ahora estamos en igualdad de condiciones —dijo.

—No sé si lo habéis notado, pero insisto, soy más bien partidario de jugar con ventaja. Ya me vencisteis en el bosque en igualdad de condiciones, y no soy hombre al que le agrade ser derrotado dos veces. Os escapasteis con catorce años, y os escapasteis hace una horas, pero a la tercera va la vencida. Miradme con atención. ¿De qué color diríais que son mis ojos?

—Azules como el cielo, aunque deberían ser negros como el centro del Infierno.

—Pues observad —Hambrán sacó un nuevo frasquito que contenía el líquido amarillo que Miguel ya había visto, y lo bebió de un trago—. Puafff... Sigo sin acostumbrarme a tan amargo sabor. ¿Y ahora de qué color son?

Los ojos de Hambrán habían adquirido un tono verde, y centelleaban.

—Atención, vais a gozar del privilegio de ser testigo de un raro prodigio. Anastasia, la bruja que debía procurarme la eterna juventud lo consiguió... pero a cambio de transformarme por unas horas en un monstruo cada vez que ingiero su bebedizo. Tuvo su merecido. ¡Y yo que creí haberla amado!

—La enterrasteis viva en la cueva del Alma en Pena...

En vez de contestar, Hambrán cerró nuevamente los ojos, empezó a mover levemente los labios, como murmurando algún conjuro, y se inició una asombrosa transformación: su cuerpo iba aumentando, se cubría de pelo negro su cara y su cuello, se alargaba su mandíbula, se hacían puntiagudas sus orejas, refulgían sus ojos, sus músculos se ensanchaban hasta estar a punto de romper su ropa, sus dientes crecían y se afilaban, se transformaban sus manos en garras peludas de uñas afiladas y corvas...

El capitán comenzó a rezar la oración que siempre pronunciaba antes de entrar en combate:

—*San Miguel Arcángel, defiéndenos en la batalla. Sé nuestro amparo contra la perversidad y las acechanzas del demonio. Que Dios le reprima, es nuestra humilde súplica; y tú, Príncipe de la Milicia Celestial, con la fuerza que Dios te ha dado, arroja al infierno a Satanás y a los demás espíritus malignos que vagan por el mundo para la perdición de las almas. Amén* —concluyó, santiguándose.

Acabada la plegaria, ante él se hallaba un monstruo, un lobo enorme, descomunal, negro y de ojos crueles, que podía mantenerse sobre dos patas, como un humano, y como un humano blandir una espada con sus horribles garras. Grotesco en su pavorosa fealdad, conservaba aún la ropa de Hambrán, rota o descosida en muchas partes. Dio un salto por encima de Miguel, un salto que mostraba una fuerza inmensa, bárbara, y se interpuso entre la puerta y su enemigo para impedirle la huida.

Pero no era el Capitán hombre que huyera, y comenzó una lucha sin cuartel, que sería sorda si no fuera por el sonido metálico del choque de los aceros, y desigual si no fuese por el increíble valor y la destreza del capitán. Hambrán —o aquel extraño hombre lobo que hablaba— saltaba y descargaba violentos golpes que, para su sorpresa, aquel joven esquivaba o paraba. Y no sólo se defendía el capitán, sino que lanzaba tajos y mandobles que en un par de ocasiones a punto estuvieron de hundir el cráneo o cortar el cuello de su enemigo. Por un instante el hombre lobo, admirado a su pesar por el valor de su oponente, estuvo tentado de huir, pues veía peligrar su vida. De pronto, con una hábil maniobra, amagando un golpe, agachándose y dando un salto, todo en una fracción de segundo, el capitán logró poner la punta de su afilada espada en la garganta de la bestia. La clavó levemente y una gota de sangre brotó del cuello del lobo que hablaba, cuyos ojos relampaguearon de furia.

—Rendíos. Podría mataros, pero incluso un monstruo como vos tiene derecho a ser juzgado antes de condenado. Soltad el acero.

Hambrán obedeció. El sonido metálico del arma al golpear el suelo constató la victoria del capitán.

—Habéis vencido —reconoció—. O quizá todavía no...

—A fe mía que sois tan bravucón como malvado.

—Sois el primer ser, en cuatro siglos, que me vence una vez he adoptado mi forma de lobo —dijo la bestia, con voz cavernosa—. Incluso a los otros lobos parlantes los derroté. Nadie lucha como vos, he de reconocerlo, sois casi invencible. Lo admito: sois valiente, noble y leal. Sois, en fin, todo lo que yo más odio. Pero antes de entregadme, hacedme una última merced. Dejadme contar hasta diez.

—Basta de tonterías —replicó el capitán, que no se fiaba y temía alguna clase de ardid—. Comenzad a retroceder hacia la puerta, si no queréis que mi sedienta espada penetre en vuestra garganta y se beba de un trago vuestra vida.

—Un momento, no seáis tan impaciente —musitó el lobo—. Está a punto de suceder.

—¿El qué? —el capitán miró en su derredor, y nada halló que le intranquilizara. Sin embargo, le había dolido el cuello al girarlo, y sentía apelmazada su lengua.

—Vuestra parálisis.

Miguel fue incapaz de romper el silencio que siguió a tan siniestras palabras, pues aunque quiso hablar, no pudo hacerlo.

—¿No os dais cuenta de que vuestra boca permanece abierta como si aún estuvierais hablando? El buen jugador esconde siempre una carta en la manga y nada deja al azar. Y como os decía, yo he dispuesto de cuatrocientos años para ser bueno en todo lo malo, y el mejor en todo lo peor.

Escuchaba el capitán horrorizado, pues sentía sus músculos agarrotados, y notaba una rara sensación, como si la sangre, espesa, apenas circulara por sus venas.

—He dedicado gran parte del día, mientras dormían, a impregnar las garras y los dientes de mis amiguitos voladores de cierta sustancia, un veneno paralizante cuya fórmula adquirí de un brujo de las Américas —continuó Hambrán, con acento triunfal—. Y ya ha pasado el tiempo necesario para que surta efecto. Esas heriditas que os han hecho los murciélagos… Esas heriditas han abierto el camino al veneno. ¿No me creéis? Voy a contar hasta tres y voy a dar un paso atrás. Si miento, traspasadme con vuestra espada. Pero si digo la verdad, os traspasaré yo con la mía.

Era consciente, el capitán, de que llevaba muchos segundos en la misma postura. Quiso adelantar un pie y comprobó, espantado, que sus músculos no le obedecían.

—Uno… dos… y tres.

Dio el malvado un paso hacia atrás, y con un supremo esfuerzo intentó Miguel atravesar la garganta del lobo, pero su espada apenas avanzó una pulgada, lenta e inútil. Se aprestó a morir como un valiente, pues sabía que Hambrán no tendría piedad.

—Soy yo, capitán, de los que prefieren vencer con malas artes antes que perder con buenas —y mientras pronunciaba esas palabras, se agachó y cogió su espada—. ¡Ya te tengo! —gritó con una sonrisa inhumana, en la que sus enormes dientes estaban cubiertos de baba. Con su lengua grande y roja se relamió, y su espada atravesó el pecho joven y puro del capitán. Un escalofriante aullido de triunfo salió de la garganta del engendro.

—¿De qué está hecho un corazón...—murmuró el herido con un esfuerzo sobrehumano, mientras un hilo rojo brotaba de sus labios—... en el que tanta infamia cabe?

—Eso... sólo Satanás lo sabe.

Y diciendo eso, el lobo hundió aún más su espada en el pecho de su víctima.

—La seguiré amando... desde el Cielo... —todavía tuvo fuerzas para musitar el capitán.

Vio por un momento la luna enorme y naranja, y sintiendo en sus dedos la caricia de los de Rosalba, expiró, mostrando en su semblante la paz de los justos.

—Lo dudo —se burló la bestia, sacando la espada del corazón sin vida y enamorado. Y con una patada en el pecho, derribó al buen capitán—. Nadie ha vuelto de allí para decir que existe. Si vos sois el primero, no dejéis de avisarme.

—Pero, papá —Miguel le miraba, incrédulo y consternado—. ¿Ha muerto el capitán Miguel?

—Sí —sólo entonces fue consciente su padre de que había traspasado una línea roja—. Ten en cuenta que, aunque el capitán le venció en buena lid, el lobo ha hecho uso de sus malas artes —intentó justificarse—, de un veneno…

—¡Me da igual! —le cortó el chico—. ¡Te inventas un arma mágica, un hechizo, un contraveneno, lo que sea! ¡Los malos nunca ganan a los héroes! ¡Por eso son héroes! Este cuento es una mierda, me voy a la cama —añadió, bajando el tono, pero con determinación.

Miguel se levantó y fue a lavarse los dientes. El padre no se vio con fuerzas ni autoridad para reprenderle por su vocabulario ni para decirle que recogiera el aperitivo, así que lo hizo él.

Ya en el pasillo, yendo a sus respectivas habitaciones, le pareció ver en una mejilla del chico el rastro de una lágrima.

—¿Estás llorando?

Cuando Miguel le miró, sus ojos brillaban de indignación.

—¿Es que tú crees que voy a llorar por un cuento?

—No, pero... A lo mejor te ha dado pena que muera el capitán.

—¿Qué más me da que muera? No me da nada de pena.

Habían llegado ya a la puerta de su cuarto.

—Buenas noches.

Sin contestarle, Miguel entró y se metió en la cama.

—¿Quieres que mañana te diga cómo continúa?

—No sé, ahora déjame dormir.

—Buenas noches. Hasta mañana.

Miguel se tapó hasta el cuello con la manta. ¿Pero qué clase de historia era esa? ¿Qué le importaba a él lo que pasara de ahora en adelante, si ya no estaba el capitán, si había sido derrotado por las malas artes del lobo? Furioso y decepcionado, le costaba conciliar el sueño.

Tercera noche

17
El velatorio

Su padre había estado todo el día dando vueltas a la historia del capitán Miguel y el lobo que hablaba, tanto que incluso uno de sus compañeros le había preguntado si le sucedía algo, pues le notaba distraído. ¿Cómo podía haber acabado la noche con el lobo que hablaba matando al capitán Miguel?

Llegó a las ocho y media. Miguel ya se había duchado y acababa de cenar.

—¿Qué tal en el instituto? —preguntó.

—Muy bien.

—¿Muy bien? Me alegro —siempre le punzaba la duda de si tal respuesta era una evasiva o de si realmente había pasado un buen día—. ¿Me cuentas algo?

—¿No eres tú el que me tiene que contar algo?

Aunque la interpelación era algo agresiva, el trasfondo era alentador, pues dejaba ver el deseo de que le siguiera relatando la historia. Cenó rápidamente, mientras Miguel jugaba a un videojuego. Cuando terminó la segunda partida, apagó la pantalla.

—¿Podemos llamar a Juan?

—Sí, claro.

Hablaron con el pequeño. Dijo que se lo estaba pasando muy bien, pero que tenía muchas ganas de verles.

—Si te apetece ver algo juntos... —dijo el padre, tras colgar—. O si quieres seguimos la historia del capitán Miguel y la daga milanesa.

—Bueno —aceptó, como haciéndole un favor.

Se sentaron en el sofá.

—Te acuerdas de cómo acabó ayer, ¿verdad?

—Como para no acordarme —dijo con ironía Miguel—. El lobo sacaba la espada del pecho del capitán, que estaba muerto, y encima le tiraba de una patada.

El corcel árabe aguardaba impaciente a que su amo le sacara del granero. Pero sorpresivamente, esclavo del placer que encontraba en el mal, el lobo brincó sobre él y le mordió en el cuello. El noble bruto emitió un relincho desgarrador, intentó alzarse sobre sus patas, y se derrumbó mientras agonizaba, su sangre formando un riachuelo que un montoncito de paja detenía como si fuera un pequeño dique. Después, Hambrán —si es que se nos permite continuar llamando Hambrán a aquel ser infernal— observó durante un momento el cadáver de su adversario, relamiéndose, como decidiendo qué bocado le resultaría más apetecible.

Se disponía la bestia, pues, a devorarlo en parte, cuando se levantó en el granero un aire tan caliente que parecía venir directamente del Sáhara. El lobo se removió inquieto, mirando en su derredor con sus ojos feroces y taimados. Y de pronto, una luz cegadora cruzó el aire como un rayo, envuelta en un silencio espectral, y ante la mirada atónita del último hombre lobo se materializó un guerrero vestido con una armadura de oro, un ser de apariencia humana, gallardo y rubio, el vivo retrato del capitán Miguel, armado con una lanza, un escudo redondo con una cruz y una espada que brillaba como el agua de un lago cuando el sol está en lo más alto. De él irradiaba un resplandor que iluminaba como una gran hoguera y en su pálido rostro unos ojos verdes miraban como desde una infinita distancia.

—¿El capitán Miguel? ¡Imposible! —exclamó el lobo, retrocediendo un paso, atemorizado—. ¿Quién sois?

—Soy el Capitán de los Ángeles, el Príncipe de la Milicia Celestial, el Príncipe de la Misericordia —repuso el guerrero con una voz serena y melodiosa, aunque fría, y su armadura centelleaba como sus cabellos. Pronunciadas esas palabras, unas alas de águila brotaron de sus hombros—. Tengo muchos nombres. También podéis llamarme el Gran Capitán, el Capitán de los Ejércitos del Señor.

—Demasiados nombres para una sola criatura —se mofó el lobo, ya repuesto a medias de la sorpresa—. En resumen: sois el Arcángel San Miguel, jefe de los ejércitos del Señor. Oí que el capitán os convocaba, pero sospecho que no sois el ser más puntual de la Creación, y me temo que habéis llegado tarde.

—Un momento, papá... —le interrumpió Miguel, con aire escéptico—. ¿Ahora aparece un arcángel?

—En efecto –dijo su padre—. ¿Estás dispuesto a aceptar que haya hombres que se transforman en lobos, pero no que aparezca un arcángel? Curiosos tiempos, estos que vivimos.

Miguel calló, sin saber qué responder.

—En tu mente, cuando dormías, entró la fantasía en forma de lobo que hablaba. Los mitos, las leyendas, sirven para afrontar nuestros miedos y marcar nuestros límites, encontrar algo de luz y esperanza en la fragilidad de la vida, para poner un poco de orden y justicia en el caos. En lugar de una historia de lobos y vampiros, ¿por qué no una en la que aparece el arcángel San Miguel? Pertenece a nuestra cultura, independientemente de que seas ateo, agnóstico o creyente. Tú te llamas Miguel, celebramos tu santo, te gusta el día de Reyes, muchas calles de tu ciudad tienen nombres de santos, conoces la parábola del pan y los peces y la del hijo pródigo, sabes cómo murió Jesús y lo que significa la Cruz… Sí, un arcángel… No es más increíble que un vampiro que sólo muere si se le clava una estaca en el pecho, en mi humilde opinión. ¿Quieres que siga?

—Sí.

—El tiempo no corre igual Arriba que Abajo —manifestó el Arcángel—. Y sólo para el Supremo Hacedor no cuenta el tiempo.

—¿Quién como Dios? Eso gritasteis, ¿no es cierto?, cuando Lucifer, el portador de la luz, se rebeló contra su Señor: «¡No serviré! ¡Al cielo voy a subir, por encima de las estrellas alzaré mi trono, y me sentaré en el Monte de la Reunión! ¡Me asemejaré al Altísimo!». Así gritó Lucifer, y vos respondisteis: «¿Quién como Dios?». Mi-ka-el, se dice en hebreo. Eso gritasteis, para frenar la rebelión de Lucifer y mostrar vuestra fidelidad perruna al Señor. ¡Hermosa batalla desencadenasteis en el cielo, Arcángel, con vuestra lealtad! Y a los infiernos se precipitó Lucero… Yo, perdonad mi soberbia, prefiero ser como yo. ¿Quién como yo, el marqués don Esteban de Hambrán?

Y pronunciadas esas palabras, el lobo le dio la espalda, sabedor de que su nuevo contrincante no se aprovecharía de tal circunstancia. Pasados unos instantes, volvió a darse la vuelta. Una sonrisa —si es que unas fauces entreabiertas y babeantes pueden producir algo tan hermoso como una sonrisa— cruzaba su rostro. Ahora empuñaba en su mano una pistola con la mecha encendida, apuntando a la frente del Arcángel. Sonó una detonación, y San Miguel ni siquiera parpadeó. El lobo había errado el tiro, o la bala había atravesado el cuerpo de su enemigo sin hacerle daño. El Arcángel, con un aleteo suave y enérgico a la vez, se elevó y descargó un mandoble sobre el marqués (suponiendo que un lobo que habla conserve los títulos de nobleza de quien le ha dado origen, algo de lo que no estoy nada seguro). Éste logró parar el golpe, aunque había sido tal su fuerza que la espada se le escapó de las manos.

—¿Vais a matarme? ¡Piedad! —imploró quien jamás la tenía con sus víctimas.

—Yo no he venido a quitar la vida, sino a restablecerla —respondió el guerrero celestial.

Sin tenerlas todas consigo, y tras recuperar con celeridad su espada, el lobo que hablaba huyó. Con un salto poderoso se plantó ante la puerta del granero, y con otro se confundió con la noche, llenándola de lúgubres aullidos.

El Arcángel se arrodilló sobre el cuerpo que había protegido, sobre el cuerpo cuya profanación había evitado, y lo levantó con sus fuertes brazos.

—Tú siempre me invocas antes de entrar en combate —musitó—, y la nobleza de tu alma me ha traído hasta aquí.

Se oyeron gritos y carreras en la calle.

—¿Quién va?

—¿Habéis oído? ¡Un disparo!

San Miguel depositó el cadáver sobre un montón de paja, cogió la daga milanesa, desplegó las alas y, silencioso como un haz de luz, voló perdiéndose en el cielo, tan negro que parecía guardar luto por el joven capitán. Un pastor juró haber visto aquella noche una cegadora estrella fugaz.

Enseguida se presentaron en el granero, alertados por el ruido de la lucha que allí se había producido, varios aldeanos, que descubrieron el cuerpo de Miguel. Pronto la tienda en la que se celebraba el banquete quedó vacía y se llenó el granero. Allí estaban todos, Monroy y el conde de la Espiga, doña Almudena y don Julián, y nadie pareció reparar en el detalle de que don Esteban de Hambrán había acudido algo más tarde que el resto y con otra ropa (igualmente de llamativos colores), atribuyéndolo quizá, quien se hubiese fijado, a una de sus extravagancias en el vestir. Rosalba, pálida y trémula, se refugiaba en un rincón, mientras Crispina trataba de consolarla. ¡Ay, esta nueva muerte sí que la sentía muy dentro! ¡Como si la espada que había traspasado al capitán la hubiera traspasado también a ella! Y no veía ninguna luz en aquella noche oscura, y no adivinaba ninguna alegría en los días que estaban por venir, y se repetía las palabras del capitán de hacía apenas media hora, intentando en vano encontrar consuelo: *En esta noche que ahora es tan oscura pronto va a brillar una luna llena y clara*.

Monroy, que se había inclinado sobre el cadáver del capitán iluminándolo con una antorcha, se dirigió a los presentes.

—Le han atravesado el pecho. Es extraño. Este caballo, en cambio, tiene la garganta destrozada por un mordisco bestial.

—¡El lobo! —chilló, con su vocecilla aguda, casi femenina y sin duda ridícula, el conde de la Espiga—. ¡El lobo que mató a mi hijo!

Un atemorizado silencio siguió a aquellas palabras.

—Bien pudiera ser —concedió Monroy—. Pero jamás he visto a un lobo que clave una espada en el corazón de un humano. ¿Alguien sabe a quién pertenecía el corcel?

Nadie respondió, nadie lo había visto con anterioridad, nadie lo conocía. Todos callaban.

Y entonces Benito, con los ojos brillantes, dio un paso al frente, separándose del grupo y quedando frente a Monroy.

—Señor —dijo—. Yo sé algo que puede dar luz alumbrar a esta gran desgracia.

Don Isidoro reconoció al escudero del capitán, y le miró un momento, como calibrándole.

—Hablad.

—Crispina me citó a solas en el granero con arteras artes y asegurando que tenía una pista acerca de la muerte de don Ramiro. Pero receloso el capitán don Miguel Navarro me impidió ir y fue por mí en mi lugar.

Todos miraban a Benito, conscientes de la gravedad de la revelación, y aguardaban la resolución de Monroy. Un grito tan femenino como escasamente melodioso rompió el silencio que se había producido.

—¡Cobarde, mentiroso, bandido, mal traidor! ¡Yo jamás os he citado a solas ni en tropel, ni con buenas ni con arteras artes! ¡Malo, falso, engañador! —Crispina, fuera de sí, temblando, parecía estar a punto de arañar el rostro de Benito, quien retrocedió un paso, protegiéndose la cara con las manos.

—Es cierto verídico, señor, y mirad que lo siento y lamento... ¡Pero juro por la Virgen Inmaculada de los Desamparados de la Misericordia que era su voz!

Desconcertado, don Isidoro no sabía a quién creer.

—Decís que era su voz... ¿Y su rostro? ¿Es que acaso no lo visteis?

—No, no la vi —admitió Benito, bajando la cabeza—. Me habló tras la tienda. Pero era su arrullo de tórtola ya no sé si bella o traidora felona, y mirad que lo siento.

—Padre —intervino Rosalba—. Yo doy fe de que mi doncella no abandonó en ningún momento las cocinas durante el festín. Yo estuve allí con ella un rato. Sin duda —agregó, mirando al pobre Benito— la muerte de su querido amo le ha trastornado.

—Te creo, hija mía. No me es posible imaginar a la buena de Crispina tendiendo una trampa al capitán Miguel, ni clavándole una espada en el pecho a traición, ni mucho menos mordiendo el cuello de este caballo... Pero no seamos duros con Benito —añadió—, que una gran desgracia puede hacernos perder el seso por un tiempo. —Y tras rascarse pensativo la bien recortada perilla, se volvió hacia el cadáver del capitán—. Vive Dios, muchacho, que bien pudiera ser que hayáis perecido porque estabais cerca de descubrir al asesino de jóvenes, y que esa daga que encontrasteis se tratara, efectivamente, de la prueba que conduciría hasta ese monstruo.

Mientras Benito, confundido y pálido, se parapetaba tras el capellán para no afrontar las airadas miradas de Crispina, cortantes como guadañas, Monroy registró la ropa de Miguel, buscando la daga o cualquier otra cosa que pudiera ayudar a aclarar el suceso. Halló únicamente una bolsa con algo de dinero y una rosa marchita. También un trozo de tela que envolvía un objeto redondo y que olía a barniz. Iba a desenvolverlo cuando Benito, con rara osadía, más digna de encomio aún después del episodio que acababa de protagonizar y que le había dejado en entredicho, se situó al lado del padre de Rosalba para decir:

—Señor, humildemente respetuosamente le ruego que me deje ese objeto, pues sólo para mí y para el capitán tenía algún significado.

Monroy, desconcertado, miró severamente a Benito, sin saber qué resolver. La mirada cándida, aunque decidida, del paje le convenció.

—Sea.

Las llamas de las antorchas vacilaban, y en las paredes del granero las sombras y las partes iluminadas se alternaban, retorciéndose en un extraño baile. Benito guardó aquel objeto redondo.

Apartado en un rincón, Sancho mantenía la dura mirada al frente, y susurraba:

—Yo había venido a traerle la lanza, y... ¡Ay, otra suerte habría corrido mi buen capitán, que nadie como él la manejaba, nadie tan diestro y certero, y con ella mejor habría podido defender su vida!

—Llevadlo a la iglesia —ordenó Monroy—, y que se enciendan todas las velas del altar. Que se le rece toda la noche. Mañana será enterrado en Piedra de los Caballeros como tan valiente soldado merece —y al decir eso, se le quebró la voz, mostrando cuánto apreciaba al capitán Miguel.

Fueron Sancho, su compañero en mil combates, y Benito, su fiel sirviente, quienes, el sargento con la mirada inexpresiva y sin soltar la lanza, y el escudero reteniendo el llanto, alzaron los restos mortales del capitán, y sosteniéndolos entre sus fornidos brazos salieron del granero, seguidos por una solemne procesión, encabezada por don Isidoro, don Hernando y don Julián. La luna continuaba tapada por las nubes, como si se negara a presenciar tan triste espectáculo, y criados y aldeanos se habían provisto de cirios y teas. Una serpiente luminosa ascendía hacia la iglesia de Torrelanceros, en medio de un grave silencio roto solamente por el rumor de los pasos y el tañido de una campana que tocaba a difuntos. Entraron Sancho y Benito los primeros en el templo, y depositaron el cadáver del capitán sobre el altar. Con una delicadeza impropia de un soldado tan rudo y curtido, Sancho, tras dejar a su lado la lanza con la que el capitán matara al jabalí, colocó la rosa marchita sobre la herida de su capitán, tapándola.

Hombres y mujeres guardaban cola para presentar sus respetos y condolencias, primero los caballeros y después los villanos y campesinos, y eran abundantes los rostros en los que las lágrimas corrían como diminutos ríos, por muy acostumbrados al dolor y a las escenas crueles que estuvieran, tal era el cariño que el capitán se había ganado. Monroy besó la frente fría de Miguel, y todos rezaban y se santiguaban lamentando el destino de tan sin par varón.

Don Esteban de Hambrán también desfiló ante el cadáver y se mantuvo durante un rato mirándolo fijamente, sin que nadie pudiera saber qué pensamientos cruzaban su mente. Un labriego creyó oírle pronunciar entre dientes:

—Lo siento, capitán, pero donde las toman… las dan.

Pero ese labriego nada dijo, por creer que tales palabras eran fruto de su imaginación y que nadie le haría caso.

Cuando todos parecían haberse ido, porque tenían que descansar o porque les aguardaba alguna temprana obligación, y creyéndose por fin a solas, Benito sacó de su bolsillo el pedazo de tela que envolvía el objeto redondo hallado en el cuerpo de Miguel. Lo desenvolvió, y al resplandor de una vela vio de qué se trataba: era un retrato de Rosalba, pintado sobre madera, de colores vivos y delicados y cubierto por un brillante barniz. El escudero observaba la miniatura, admirado tanto por su fina ejecución como por la belleza de la modelo, cuando al sentir alentando sobre su hombro una presencia, dio un respingo. Se volvió: era Rosalba, que no había abandonado aún la capilla, y que miraba su retrato con una mezcla de orgullo y profunda pena. Tras ella se hallaba su sombra protectora, Crispina.

—Señora, me habéis asustado —dijo Benito.

—¡Tú sí que me has asustado a mí, engañador, ruin, cobarde y desleal! ¿Citarte yo a ti a solas en el granero? ¡Ni lo sueñes!

Benito miró a Crispina sin osar replicar, tales eran las llamas que despedían los ojos de la ofendida doncella.

Sin abrir la boca, la hija del señor de Monroy tomó de sus manos el pequeño retrato y lo miró procurando en vano dominar sus emociones. Si hasta entonces se había controlado, ahora un torrente de lágrimas bañaba su semblante.

—Esa rosa —musitó, como hablando para sí—, esa rosa se la regalé yo cuando me dio la primera lección de ajedrez. Yo no era sino una niña, y él lo guardó durante todo este tiempo, cual si de un valioso tesoro se tratara… ¡Y yo dudaba de la sinceridad de su amor!

Respetuoso, Benito se mantuvo unos pasos atrás, para no ser testigo de la aflicción de una dama de tan alta alcurnia.

—¡Truhán! —estalló sin poder contenerse más Crispina, con voz ahogada por respeto al lugar en el que se encontraban, y le propinó un pescozón—. ¿Cómo me habéis acusado?

—Os juro, mi reina sultana de Saba y de Egipto —se defendió Benito, protegiéndose la cara con las manos—, que creí escuchar vuestra voz aterciopelada celestial… Os lo suplico, debéis creerme…

—¡Falso y engañador, antes creería a una víbora!

—¡Yo no soy una víbora escorpiona!

Los dos criados hablaban en voz baja, un poco alejados ahora del altar. Rosalba se inclinó sobre el capitán Miguel, y evitando mirar la sangre que manchaba su ropa, devolvió el retrato a uno de sus bolsillos. Quería que le enterraran con él.

—También en la pierna te hirieron —casi sollozó, tomando por sangre la marca roja del muslo.

Después, pegó sus labios a su sien, y susurró con voz trémula:

—Profanará la muerte tu belleza, capitán, pero perdurará intacta en mi memoria hasta el fin de mis días. Estás frío, pero ayer tu corazón ardía; y yo, ay de mí, dudaba...

Dicho eso, le besó en la frente, y sin añadir nada, se dio la vuelta y salió de la iglesia, blanca como el papel. Crispina se apresuró a seguirla, y Benito se quedó, esta vez sí, completamente solo.

Y ahora que se había quedado solo, ahora que no había testigos de su debilidad, también él rompió a llorar, ya que se juzgaba el ser más solitario y desgraciado del mundo, y llorar le hizo bien, pues aunque le invadió un profundo cansancio, se sintió de alguna forma liberado. Sentado en el suelo, con la espalda apoyada contra un frío pilar, se lamentaba en voz alta, como los actores de las obras de teatro a las que, cuando una compañía de cómicos actuaba en Piedra de los Caballeros, le gustaba asistir.

—Yo sé que es vanidad pretender buscar una explicación razón a tus designios y decisiones, Señor Altísimo, pero ¿por qué han de fallecer los nobles y buenos antes que los viles malvados? ¿Será porque quieres rodearte dellos cuanto antes, disfrutar de su presencia en el Cielo Paraíso? ¿Por qué nos dejas con los malos ruines? ¿Y esa voz que yo oí con estas mesmas orejas? No puede ser locura demencia, pues también la escuchó mi buen capitán, un mejor mejorado Amadís que tenía yo por amo, un Gandolín que tenía él por paje… ¡Habladme, Señor Todopoderoso!

Se le cerraban los ojos, le pesaban los párpados, y aunque luchó contra el sueño, éste le venció.

Se despertó poco antes de que amaneciera. No recordaba qué había soñado: sólo le embargaba una extraña sensación, la de haber visto un rayo de luz dorada. Se levantó para mirar otra vez el cuerpo del capitán, y para su sorpresa, horror e indignación, comprobó que el cadáver había sido robado.

«La bestia inmunda no ha querido que honremos su cuerpo», pensó Benito, y cerró el puño con rabia.

18
Resurrección

Al día siguiente, a la aflicción de Benito se sumaba la inquietud por cómo iba a arreglárselas para explicar la desaparición del cuerpo del capitán delante de sus narices, algo que aumentaría el descrédito producido por su controversia con Crispina. Y así se hallaba, deprimido y temeroso, cuando una sensacional noticia, que corría de boca en boca con la velocidad del halcón al lanzarse en picado sobre su presa, llegó a sus oídos: ¡ante la sorpresa y el regocijo de todos, el capitán Miguel se había presentado en el cuartel!

—Qué morro, papá —le cortó Miguel—. ¿Así lo arreglas, resucitándole por la cara?

—Espera, ya veremos qué ha pasado. ¿Tú aceptas un hechizo, un hombre que se convierte en lobo por arte de magia, y no un milagro, que alguien resucite? Es una historia fantástica, ya lo sabes. Un relato tiene sus propias reglas internas, que pueden crear otra realidad, y mientras esas reglas no se traicionen, es coherente. ¿Entiendes?

Miguel reflexionó unos segundos.

—Creo que sí. Venga, sigue.

¿Sería un bulo, sería cierto? Y si fuera un bulo, ¿quién tendría tal falta de escrúpulos como para inventarlo y matar así dos veces al capitán en el corazón de quienes le amaban? Y si fuese cierto, ¿cómo explicar semejante portento? ¡Lejos quedaban los tiempos de Lázaro y levántate y anda! Benito fustigó sin piedad a *Zana* guiándola hacia Piedra de los Caballeros, donde la pobre mula llegó con la lengua fuera, dolorida, indignada con su amo y cubierta de sudor. Los soldados, ebrios, esta vez de alegría y no de vino y cerveza, le juraron que la noticia era cierta, ellos habían visto al capitán, y le informaron de que había emprendido camino hacia el castillo de Monroy, y hacia allí se dirigió el escudero.

—¡El capitán Miguel está vivo coleando, milagro prodigio, el capitán Miguel está coleando vivo! —gritaba, y era tal su júbilo que ni siquiera se paró para escarmentar a dos pilluelos que le lanzaron unas boñigas de caballo, con tan buen tino que una de ellas se le metió por la oreja.

Las puertas del castillo se hallaban cerradas, y la guardia negaba la entrada a los que se agolpaban ante ellas para ver con sus propios ojos al resucitado.

—Aquí nada hay que ver. ¡A vuestras faenas y labores!

Sin embargo, a Benito le permitieron entrar, por su condición de sirviente del capitán.

—¡El capitán Miguel está vivo! —seguía pregonando alborozado, mientras traspasaba la puerta principal y el primer rastrillo—. ¡Milagro prodigio, prodigio milagro!

Cruzó el patio y se plantó ante la torre del homenaje. Se santiguó, y como aún le quedaba un resto de duda, se amonestó por su incredulidad.

—Perdóneme Vuesa Merced Altísima, Señor de la Tierra y de los Cielos y del Universo entero, pero soy como Santo Tomás, si no lo veo, no lo creo…

Poco le duró la incertidumbre, pues nada más subir las escaleras vio al capitán hablando con Rosalba en el umbral de su habitación. ¡Era cierto! ¡Allí estaba su amo, vivo coleando! ¡Nadie le había birlado su cadáver delante de sus narices! ¡Simplemente se había levantado y andado, como Lázaro! Su corazón le había dado un vuelco, le temblaron las piernas y por un instante temió perder el equilibrio y rodar escaleras abajo. De Crispina no había ni rastro. Le dio la sensación de que en el capitán se había producido un ligero cambio, como si una luz le hiciera resplandecer desde dentro. ¿O era simplemente que estaba más pálido? ¡A nadie podía sentarle bien que le traspasaran el corazón con una espada! ¿O se trataba de figuraciones suyas, le nublaba la vista la emoción? Ni Rosalba ni el capitán habían reparado en él, sólo parecían tener ojos el uno para el otro. Pero mientras Rosalba casi se echaba encima del capitán, éste, aunque no retrocedía, se mantenía rígido, distante y seco, como interponiendo una invisible barrera. Rosalba buscó con sus labios los de Miguel, pero el capitán torció la cara, y el beso de Rosalba aterrizó en su mejilla.

—¿Os sucede algo? —Rosalba, confundida por su atrevimiento y por haber sido rechazada, dio un paso atrás, mientras el capitán permanecía bajo el dintel de la puerta—. ¿Estáis enfermo? ¡Decidme! Estáis frío como una estatua —y diciendo eso, la muchacha avanzó un paso y tomó de las manos al capitán—. ¡Hablad, por Dios! ¿Por qué prodigio estáis vivo si os vi inerte, y por qué estando vivo parecéis de dura piedra?

Miguel se desasió con suavidad, pero con firmeza.

—Por favor, no me toquéis —dijo, con una voz gélida—. Reportaos. No manchéis vuestra pureza manchando a la vez la mía.

Rosalba, mordiéndose el labio y sintiéndose humillada, le abofeteó.

—¡Tenéis menos sentimientos que un cardo borriquero! ¡El próximo libro que encontraréis entre las piedras será *El cortesano*! ¡Es el que de verdad necesitáis leer para saber cómo tratar a una dama! ¡Aunque mucho dudo que vuelva a haber más libros para vos!

Temblando de indignación, casi llorando de rabia y despecho, la joven se dio la vuelta y, ya en el interior de sus aposentos, dio un portazo. El capitán, impertérrito, saltó ágilmente hacia atrás, evitando así que la puerta le diera en las narices, y a Benito incluso le pareció que encogía levemente los hombros, en un gesto de indiferencia o incomprensión. Se dio la vuelta y se alejó unos pasos de la habitación de Rosalba, y sólo entonces reparó en su criado, quien ya no pudo contenerse más y corrió hacia él con los brazos abiertos.

—¡Capitán! —Benito le abrazó efusivamente—. ¡Bien frío congelado estáis! ¡Parecéis hijo del helador enero y sobrino del nevado febrero!

Miguel, como había hecho con Rosalba, le apartó suavemente, aunque ahora con una sonrisa.

—¿Cómo queréis que esté quien viene del Más Allá?

—¿Y cómo es que estáis vivito coleando, si yo os vi bien muerto difunto y ni un soplo de vida soplaba en vuestro pecho corazón? ¡Milagro prodigio!

—Sí, milagro —repuso el capitán, con una voz neutra—. Milagro fue sin duda que todos creyerais que había fallecido, cuando sólo estaba desmayado.

—Pero vuestro corazón… —objetó Benito.

—La herida no fue tan profunda como creyó el señor de Monroy —le cortó el capitán—. Y no fue ningún milagro que me fuera de la iglesia sin que nadie lo notara, pues quien se encargaba de velar mi cuerpo dormía como un tronco.

—Yo... señor... —balbuceó Benito, avergonzado por su falta.

—No pasa nada —le tranquilizó el capitán—. Vuestro sueño era tan plácido que sólo un justo podría disfrutarlo.

—¿Y contra quién luchasteis? —Benito no podía controlar la excitación producida por la resurrección de su amo—. ¿Era un dragón venenoso o un lobo traidor taimado pérfido que sabía usar la espada?

—Eso es un secreto que por el momento solamente desvelaré al señor de Monroy. Y ahora, Benito, id a casa y esperadme allí.

—¿Os preparo un baño? ¿Una buena comida? Voy al mercado y...

—No necesito baños, pues no me mancho —volvió a interrumpirle—, y hambre no tengo ni tendré, pues me alimento de la gloria de Dios.

—Para mí que habéis resucitado —dijo Benito, extrañado por las respuestas del capitán, tocadas por un fervor religioso del que antes carecían—. Es un milagro y hasta los germanos alemanes más ateos furibundos y protestantes tendrán que reconocerlo...

—Ah, por cierto... Llevaba meses con ganas de...

Y ante la estupefacción de Benito, el capitán le asió de una oreja y le dio unos fuertes tirones.

—Esto, por haber orinado en el incensario de Santa Brígida durante el último Carnaval, grandísimo pecador.

—¡Ay, ay, ay! —gritaba con cada tirón el pobre Benito, temiendo que el capitán se la arrancara—. ¡Que creí que era un orinal y tenía la panza barriga a reventar de cerveza!

Sin prestar ya atención a su criado, que se acariciaba dolorido la oreja, Miguel entró en el salón principal, donde el señor de Monroy le esperaba de pie, con los brazos cruzados.

19
La antorcha ardiendo

El señor de Monroy le esperaba con los brazos cruzados y los ojos extraordinariamente abiertos, y a su lado se hallaba don Julián, con idéntica estupefacción reflejada en su rostro. Antes de dirigirle la palabra, Monroy dio una vuelta alrededor de él, escrutándole con suma atención, fijándose en su postura, más envarada de lo habitual, en sus manos, en su complexión y estatura, en sus cabellos y, sobre todo, en su cara, faltándole sólo abrirle la boca para examinar su dentadura como un tratante de caballos. Y mientras le estudiaba de tal manera, murmuraba palabras incomprensibles o lanzaba exclamaciones de admiración. Concluido el examen, le dio un fuerte abrazo, del que se deshizo rápidamente Miguel.

—¡Vive Dios, capitán, sois vos! ¡Creí que me habían gastado una broma pesada, pero a fe mía que sois vos! ¡Hablad, para que compruebe que también la voz es la vuestra!

—En efecto, soy yo —dijo Miguel—, y nada hay de extraordinario en que yo sea yo y mi voz sea la mía.

—Sois vos —repitió Monroy, sin poder determinar hasta qué punto las palabras del capitán constituían una broma o, más llanamente, una impertinencia.

Por su parte, don Julián no paraba de acariciarse el bigote y murmurar:

—Es cierto, cierto es, habrá que avisar a un obispo, cierto es, y a un cardenal…

Repentinamente, el mayordomo abrazó a Miguel con la fuerza de un oso, y el capitán, desagradablemente sorprendido a juzgar por su expresión, le rechazó diciendo:

—No me placen las efusiones, don Julián, escasamente decorosas son entre caballeros.

La reunión la celebraron a solas el capitán y don Isidoro, por expresa petición del primero. Una vez que hubo salido el mayordomo, frotándose las manos y murmurando algo acerca de la urgencia de avisar al papa de Roma, estuvieron un rato despachando. El capitán fue quien más habló, contó lo ocurrido en la cacería, incluyendo el asesinato del perrero, y enseñó a Monroy un documento con la firma del marqués de Hambrán, y la daga encontrada donde murió don Ramiro. Monroy se limitaba a escuchar con atención, a lanzar algún juramento y a descargar de vez en cuando un puñetazo sobre la mesa. Escribió después una carta dictada por el capitán, y llamó a un mensajero, que partió raudo con ella hacia el castillo de Hambrán. Concluida la reunión, Miguel abandonó la estancia.

Afuera le aguardaba, rezando un rosario, el capellán, quien nada más verle acudió presuroso a su lado.

—¡Capitán! Estoy emocionado, el Misericordioso ha querido mostrarnos su poder… Gloria a Dios en el Cielo y en la Tierra, don Julián me lo ha contado… Avisaré al arzobispo de inmediato, prepararé los documentos y haré una lista de testigos fiables, hay que empezar ya a recabar declaraciones con el notario y luego…

—No tan rápido, don Hernando —Miguel le apartó, empujándole suave pero firmemente—. Reflexionad un momento: ¿de verdad creéis que Dios Nuestro Señor desea que se conozca y airee este suceso? Yo soy de la opinión de que prefiere que no se le dé importancia y pase desapercibido...

—Pero... —protestó el capellán, confundido—. Sería conveniente, ahora que la Iglesia de Roma está en guerra con los protestantes, que...

—Don Hernando —le atajó el capitán—. Sería muy fácil creer habiendo milagros en abundancia y por doquier. Dios Todopoderoso quiere que sus fieles crean sin ver. Eso sí tiene mérito, eso sí es motivo para entrar en el Reino de los Cielos.

—Es vuestro parecer, capitán, mas no coincide con el mío —se resistió don Hernando.

—Está bien —concedió Miguel, tras respirar hondamente para contener su impaciencia—. Que hable Dios, pues.

—¿Y cómo?

—Si esa antorcha se enciende y se apaga por sí sola —respondió el capitán, señalando una antorcha sujeta por un aro de hierro clavado a la pared—, deberéis guardar silencio. No se dará curso oficial a lo sucedido, y pronto todo quedará en un rumor para pasto de los más crédulos. Si permanece apagada, podréis dirigiros al arzobispo. ¿Lo juráis por Dios Todopoderoso?

—Por Dios Todopoderoso y por la Santa Madre Iglesia. Y por mi otra santa madre, la que me dio a luz, que en paz descanse.

—Si faltarais a vuestra palabra, yo os doy la mía de que conoceríais los tormentos eternos del Infierno.

Don Hernando se santiguó y aguardaron expectantes.

De repente, la antorcha se prendió, para apagarse tan súbitamente como se había encendido, y la única prueba que quedó de aquel nuevo prodigio fue una ligera y oscura voluta de humo, que rápidamente se dispersó hasta desaparecer sin dejar rastro.

El capellán balbuceaba palabras sin ton ni son, se santiguaba y se frotaba los ojos.

—Milagro... Milagro...

El capitán le sujetó por los hombros, temeroso de que se desmayara.

El padre de Rosalba salió en ese momento de su cuarto.

—Capitán... —miró sorprendido en su derredor, pues juraría que acababa de oír su voz, y sólo veía al capellán—. ¿Dónde está el capitán Navarro?

—Como el milagro de la zarza ardiendo —murmuró el capellán, que dudaba de si no se había tratado de una simple alucinación.

—¿Qué tonterías son esas de la zarza ardiendo? —le interpeló don Isidoro.

—¡La de Moisés! ¡La zarza ardiendo en el desierto, la zarza que no se consumía!

—Por favor, dejad de farfullar frases sin sentido. ¿No estaba con vos el capitán?

—Sí, pero... se ha evaporado —contestó don Hernando, aún conmocionado.

Monroy preguntó aquí y allá a criados y sirvientes, pero nadie sabía nada. Su protegido se había desvanecido como por ensalmo.

De la misma forma que nadie le había visto llegar, nadie le había visto marcharse, y don Hernando tenía que morderse la lengua para no contar lo que había visto, y para cumplir su juramento le servía de no poca ayuda imaginar las llamas del Infierno.

20
La muerte del último hombre lobo

Poco después, el capitán Navarro, si es que se trataba del mismo Miguel Navarro que protagoniza nuestra historia, volaba a lomos de *Ventisquero* a rienda suelta en dirección a la cueva del Alma en Pena. Unos campesinos que le vieron cabalgar jurarían posteriormente que iba dejando atrás una estela de luz que enseguida se desvanecía. Soplaba una brisa ligera y agradable, y los árboles se estremecían como si estuvieran enamorados. El jinete se santiguó al pasar como una exhalación ante la cruz de piedra. Llegó al recodo del río, donde detuvo su montura. *Ventisquero*, fresco, parecía no cansarse, como si ningún peso llevara a la grupa. El agua reflejaba los rayos de sol, y semejaba un espejo que, si se miraba directamente, deslumbraba. En lontananza, la sierra se veía azul. Cómo le gustaban al capitán los bosques verdes, los campos amarillos, las montañas azules.

Cabalgó hasta la entrada de la cueva del Alma en Pena. Se encontraba ahora obstruida por una gran piedra, y para moverla se necesitaría el concurso de diez hombres vigorosos. Junto a ella, esparcidas, se hallaban ya secas las varas de las zarzas que Miguel había cortado unos días antes para entrar, y que el aldeano al que se encontró había restituido a su sitio para disimular la entrada. Desmontó, y sin que ni un solo músculo de su rostro se contrajera, desplazó la enorme roca a un lado.

Entró. De sus hombros brotaron las alas doradas de águila. Preso en un bloque de hielo, se hallaba, inmóvil y perfectamente conservado por el frío, el auténtico capitán Miguel. El Arcángel tocó con sus dedos el hielo, que se derritió instantáneamente. El capitán quedó de pie, sobre un charco, quieto cual estatua. Entonces el Arcángel sopló sobre él, y el capitán recobró la vida.

—¿Quién sois? —balbuceó, como en la bruma de un sueño.

—Aquél que os inspiró la visión para salvaros la vida en la cacería. El marqués de Hambrán os aguarda en su castillo.

—Pero… —parpadeando, Miguel vio delante de él un soldado de deslumbrante armadura de oro, que parecería su hermano gemelo si no fuera por sus alas de águila. Confuso, no sabía si se hallaba en la Tierra, o en un extraño viaje—. Él me mató…

——No os mató, capitán, puesto que vivo estáis. Sólo unas horas de vida os quitó.

—¿Sois el Arcángel San Miguel? ¿Vos me habéis devuelto a la vida?

—Nada de esto debe saberse, a nadie debéis contarlo, ni siquiera a vuestra futura esposa, a vuestra madre o a vuestro hermano. No olvidéis esta vez la lanza. La bestia os echará a los perros. No dediquéis más de un instante y una lanzada a cada uno, y cuando lo hagáis, mirad ya al siguiente y no os detengáis en comprobar el efecto de vuestro golpe. Si lo hacéis así, saldréis victorioso de los canes, y después os encargaréis de la bestia. En esta ocasión no contará con la ayuda de los murciélagos.

—Si no cuenta él con ardides ni traiciones, tampoco quiero yo gozar de ventaja alguna —replicó el capitán con los ojos entrecerrados, pues la figura del guerrero celestial le deslumbraba—. Si me mata, prometedme que no me resucitaréis, y que el Altísimo disponga de mi alma como corresponda, y me ponga en el platillo de los pecadores o de los justos.

—Sea. El señor de Monroy tiene ya en sus manos el recibí de la daga milanesa, la prueba de que pertenece a Hambrán, la prueba de su culpabilidad. Tomad.

Pronunciadas tales palabras con un tono monótono y sin dejar espacio para las preguntas, y tras entregarle la daga milanesa, el Arcángel se difuminó, dejando en el alma del capitán la vaga impresión de algo soñado e imposible.

Desorientado, intentando comprender dónde se hallaba y qué estaba ocurriendo, y preguntándose si había pecado de imprudente y soberbio al pedir no volver a ser resucitado, Miguel salió de la gruta. Al verle, *Ventisquero* relinchó de alegría. Se acercó a su dueño y frotó sus morros contra su hombro, buscando caricias y palmadas. El capitán avanzó torpemente unos pasos, sin estar completamente seguro de si estaba vivo o muerto.

Cada vez más consciente, pensó el capitán en las palabras del Arcángel, en la misión que le había encomendado. Debía ir al Castillo Negro para acabar con la pesadilla que había atemorizado durante años aquellas tierras. Montó en su caballo de un salto, comprobando que todas sus fuerzas habían vuelto, que sus músculos obedecían, y sólo entonces estuvo totalmente seguro de estar vivo de verdad. Picó espuelas, y según se acercaba al castillo, un coro de aullidos, tan lastimeros como rabiosos, fue creciendo en intensidad.

Tiró de las riendas cuando se hallaba a unas cien varas de la imponente fortificación, que coronaba una pequeña y desolada colina, dominando la llanura que la rodeaba. Unas gárgolas semejantes a las que el capitán había visto en la catedral de León, y que representaban leones, demonios, lobos y pajarracos grotescos, prestaban un aspecto siniestro a las murallas. Las ventanas estaban contorneadas por calaveras de piedra blanca, que destacaban contra el negro del resto. En los capiteles de las dos columnas que flanqueaban la puerta el león devoraba a Sansón: el Mal vencía al Bien.

Continuó al paso. Los ladridos ponían la música adecuada para semejante paraje.

El capitán llegó hasta el foso. Salvo por los perros, todo parecía solitario y en calma. Y bruscamente, también los aullidos cesaron y fueron sustituidos por el resonar de los cascos de un caballo sobre la piedra. Cuando éstos se apagaron, se oyó la voz poderosa y arrogante del marqués de Hambrán:

—¡Monroy! ¿Para qué me habéis convocado en mi propia casa? ¿Qué historia es esa de una daga y un recibí?

—Una historia que vos conocéis bien.

Tras un profundo silencio, se mostró al fin, al otro lado del foso, en el umbral de la puerta de hierro del castillo, el marqués don Esteban de Hambrán, montando un brioso purasangre negro como el carbón.

—¡Vos! ¡Vos, que estáis muerto, y no Monroy, que está vivo!

Su armadura era del mismo color que el de su cabalgadura, el yelmo tenía forma de cráneo, para infundir pavor, y en su escudo había pintado un esqueleto blanco. En la manta de su caballo se repetía su escudo de armas: una cruz angrelada amarilla sobre campo verde. El capitán se figuró que las muescas en la cruz eran como bocados dados al símbolo de Jesucristo.

Se había vestido y armado para matar o morir.

El marqués hizo que su caballo caracoleara a unos pasos del foso, mientras miraba con expresión desconfiada los alrededores, pues le resultaba difícil creer que el capitán se hubiera presentado sin compañía. Satisfecho al comprobar que así era, volvió a encararse con su enemigo.

—¿Sois un aparecido, el espectro de un difunto? ¿Habéis resucitado?

—Igual que vos —repuso Miguel tranquilamente—. ¿No habíais muerto en tierra extranjera, luchando contra los caníbales?

El capitán tenía en la mano la daga milanesa con la empuñadura cuajada de piedras preciosas.

—Por si no le bastara mi palabra, Monroy tiene ya en sus manos el documento de compra que prueba que la daga es vuestra.

—¿Cómo lo habéis...?

Hambrán, furioso, no terminó la frase.

Sus ojos brillaron de odio, y rechinaron sus dientes. Agarró con más fuerza su espada, se tensaron los músculos de sus brazos y la L de su mejilla se encendió con una cólera salvaje.

—No he sido yo, sino una criatura celestial quien lo ha encontrado —dijo el capitán, al que no asustaban esos cambios en el marqués, pese a que no auguraran nada bueno—. La daga os costó cara, pero más cara os costará ahora, pues demuestra que vos asesinasteis a don Ramiro y al hijo de vuestro perrero, y al del panadero. Además de al perrero mismo, claro está.

—No me extraña que habléis tanto del perrero y del hijo del perrero, pues perro sois —repuso con frialdad Hambrán—, y a dentelladas de perro merecéis morir. Aquí no tenéis una cuerda para huir como un bellaco.

Dicho eso, el marqués desapareció tras los muros negros del castillo. Seguidamente se oyó el chirrido de las cadenas, y el puente levadizo comenzó a abatirse sobre el foso, hasta hacerlo por completo con un golpe seco.

Aguardó el capitán, derecha la espalda, el semblante sereno, tensos los músculos, encendida la mirada.

Volvieron a oírse los ladridos de los perros, ahora acompañados por el fragor de su carrera. Miguel preparó la ballesta, palmeó el cuello de su caballo, para que conservara la calma, y se concentró en el consejo del Príncipe de la Milicia Celestial: una lanzada para cada perro, sin esperar a ver el efecto. Un segundo para cada uno, no más.

El primer alano llegó tan lanzado que resbaló por los tablones del puente y se deslizó de costado un par de metros. Inmediatamente recuperó el equilibrio, pero fue para encontrarse con un ballestazo que lo tumbó definitivamente. Enseguida llegó la jauría, una veintena de perros que corrían en tropel, hambrientos y feroces, esqueléticos y fuertes. Cruzaron el puente, prestos a derribar a mordiscos al jinete y al caballo que les esperaban. De un salto, el capitán bajó de *Ventisquero* y se interpuso entre él y los perros.

Y sí, fue una carnicería. Pero no la que había planeado el marqués.

El capitán fue alanceando a los dogos y alanos, uno tras otro, con una rapidez y una facilidad que se diría imaginada y no real.

Quien lo hubiera presenciado, habría dicho que le había sido tan fácil como para un hombre corriente ir atravesando aceitunas en un plato con un palillo.

Pronto quedó el suelo cubierto de sangre y de canes muertos o moribundos, y en el aire se mezclaban los aullidos de dolor y agonía, formando un concierto cuyas notas se llamaban todas Muerte. Y aunque había luchado para salvar su vida y la de *Ventisquero*, tal visión y tal música no alegraban los ojos ni los oídos del capitán, que miraban y oían, por el contrario, compadecidos.

Se produjo, por fin, un silencio sepulcral, que fue roto nuevamente por el repiqueteo de los cascos de un caballo. Miguel se aupó al suyo. Don Esteban de Hambrán apareció tras el rastrillo y comenzó a cruzar lentamente el puente, con retadora majestuosidad. Con el rostro contraído, miraba el espectáculo de sus perros alanceados. La L de su mejilla se había coloreado hasta semejar el fuego del Infierno.

Al dejar atrás el puente, uno de los dogos abatidos, un ejemplar atigrado que presentaba una lanzada en el cuello, se agitó imprevistamente. El caballo de Hambrán se encabritó, pero el jinete lo dominó presionando sus flancos con las rodillas y tirando de las riendas con fuerza. El purasangre relinchó de dolor, y el marqués desenvainó su espada. El capitán hizo lo propio.

—Monroy vendrá a prenderos, pero el capitán de los Ángeles me ha concedido la gracia de que os brinde la oportunidad de mediros antes conmigo. Si me vencéis, escaparéis.

Hambrán resopló, despectivo.

—Ese cobarde esclavo del que manda en los Cielos os hace inmortal, sin necesidad de pócimas ni frasquitos… Si os mato, resucitaréis, y si os vuelvo a matar, resucitaréis de nuevo, y así hasta que seáis vos quien acabéis conmigo.

—Os equivocáis, marqués. Si me vencéis, mi existencia habrá tocado a su fin. Renunciar a ser resucitado otra vez forma parte del pacto que os ofrezco.

Hambrán le miró con interés.

—Os aviso, insensato: yo valgo más que veinte perros famélicos, y que cincuenta —había recuperado su soberbia habitual—. ¿Por qué me concedéis tal oportunidad?

—Porque yo no soy como vos.

Unos grajos, negros como la armadura y el purasangre de Hambrán, volaron por encima de ellos. La mañana se había ido cubriendo, y amenazaba con una tarde desapacible. El sol, al que las nubes rodeaban como los lobos a una oveja descarriada, lanzaba unos rayos que ya no tenían la fuerza del verano. Pronto los buitres, atraídos por el banquete que el capitán les había preparado, empezarían a sobrevolar en círculos sobre los cadáveres de los perros.

—Claro que no sois como yo, muy bien sé quién sois.

—Lo mismo digo —replicó el capitán, siempre sereno. La simple presencia de Rosalba podía hacer que se le acelerara el pulso, pero no la proximidad de un combate ni la posibilidad de la muerte—. Sois el primer marqués de Hambrán, aunque muchos crean que sois el décimo. Enterrasteis viva a la alquimista que os procuró la fórmula que os permite no envejecer, para castigarla porque cada vez que bebéis la pócima, os transformáis en inmunda bestia…

—Veo que habéis estudiado bien mi extraordinario caso —le interrumpió don Esteban de Hambrán—. También me cambia el color de los ojos durante unos días, pero eso es menos fastidioso, incluso desconcierta y gusta a las damas… En mi descargo, diré que me arrepentí (cosa que no he vuelto a hacer) de ese mi primer crimen, y me marché a las Cruzadas, para expiar mi pecado. Eso fue hace más de trescientos años… ¿Fue la Tercera Cruzada, tan desastrosa, la de Ricardo Corazón de León y Saladino, o la Cuarta? Sí, fue la Cuarta, qué bien lo pasé en Constantinopla... Qué memoria la mía, me entran dudas.

—Celebro que conservéis vuestro irónico y burlón sentido del humor.

—Otra vez os presentáis ante mí. Yo soy la Noche y la Muerte, no tengo amo y vuestra bondad me repugna.

Se hallaban frente a frente, a unos pocos pasos de distancia. Y aunque hablaban tranquilamente, ambos sabían que pronto, en cualquier momento, había de iniciarse la lucha definitiva.

—La bondad es la forma de que se vale el mundo para contrarrestar la maldad de corazones como el vuestro.

Los ojos de Hambrán se achinaron.

—Bien muerto estaréis de nuevo, bien frío estaréis bien pronto, capitanucho imberbe y altanero, preparados están ya los gusanos para la gran comilona —se mofó Hambrán, lleno de odio y rencor—. Seguro que habéis echado de menos más de una vez a esos viles padres que os abandonaron, con ellos os mandaré en un suspiro, no os impacientéis. Decidme... ¿De qué color son mis ojos?

Y al tiempo que pronunciaba las últimas palabras, Hambrán sacó el frasquito con la pócima y se envolvió en su capa negra, que pareció hincharse, sometida a violentas sacudidas. Cuando se la quitó y volvió a mostrarse, se había transformado ya en un enorme y espeluznante lobo negro, de largas mandíbulas, verdes ojos y pecho ancho y poderoso, un lobo negro que producía espanto no sólo por su fuerza y por la rabia que destilaba su mirada cruel, sino porque había algo innegablemente humano en él, y esa mezcla antinatural de bestia y hombre era lo que lo convertía en algo verdaderamente monstruoso y horrible. ¿Cómo podía un lobo —pues de un lobo se trataba— blandir una espada y montar un caballo? ¿Y cómo podía un ser humano —pues también de un ser humano se trataba— ofrecer un aspecto tan horripilante?

—Que se apresten las flores a lloraros —aulló.

Y fue tan lastimero y sobrecogedor su aullido, que todos los pájaros callaron y las nubes parecieron detenerse en el cielo, como si el viento hubiera dejado de soplar, negándose a transportar semejante sonido.

El último hombre lobo arrojó con violencia su lanza, pero el capitán la esquivó, y el arma se clavó en la tierra y allí quedó, vibrando. Y todavía vibraba la lanza hundida en el suelo cuando el lobo arremetió con fiereza, multiplicando sus golpes, pero Miguel, que ya los conocía del duelo anterior, los paraba con facilidad, como un adulto los de un niño, y esto exasperaba aún más a la bestia, que redoblaba su furia y sus ataques. De pronto, el lobo saltó por encima de su caballo y cayó sobre el capitán, sorprendiéndole y derribándole. Rodaron por tierra y salieron despedidas las espadas. La bestia iba a vencer, pues sus dientes eran un arma mortal y cada vez estaban más cerca de la garganta de Miguel, quien intentaba separarse de él con todas sus fuerzas, aunque sin conseguirlo. Ya sentía su aliento caliente y fétido, y las mandíbulas del lobo iban a cerrarse sobre su cuello, cuando todo el cuerpo de su enemigo se estremeció, y un alarido de agonía y rabia escapó de su boca. La daga milanesa, la misma que había perdido en la fuente de los Castaños, estaba clavada en su pecho hasta la empuñadura cuajada de piedras preciosas. De un empujón, el capitán se deshizo del abrazo agonizante de la bestia, y se puso en pie.

—Ya nunca más habrá lobos que hablan en la faz de la Tierra —dijo mirándolo con calma—, y todo el mal que habéis hecho tú y los de tu estirpe se confundirá con las leyendas de los tiempos más tenebrosos…

—Viviremos... —susurró el lobo, con la voz de Hambrán— ... en la imaginación de los niños...

Y dichas esas palabras, una de sus patas traseras se estiró entre temblores, y expiró rodeado de sus perros.

—Pero sólo allí, ya no existiréis de verdad y cuando un niño lo sepa, desapareceréis como un mal sueño, porque sólo eso seréis a partir de ahora: una pesadilla, nada más.

El capitán seccionó de un tajo el cuello de la bestia y guardó la cabeza en una bolsa. Observó durante un momento los restos mortales del hombre lobo, el cuerpo decapitado, enorme y musculoso, cubierto de pelo negro y la cabeza recién cortada, sobresaliendo de la bolsa. Buscaba, quizá, el recuerdo del ser humano que había sido don Esteban, el primer y último marqués de Hambrán, pero no halló rastro de él.

Oyó el estruendo de numerosos cascos que se acercaban al galope, y al poco apareció ante él don Isidoro de Monroy escoltado por seis soldados. Todos callaron, admirados y sobrecogidos al ver el cadáver del hombre lobo, grande como un tigre. Miguel desclavó de su pecho la daga.

—Cargadlo —dispuso el padre de Rosalba, colgando de su silla de montar la bolsa con la cabeza—. Por fin podrán dormir tranquilas en las tierras de Monroy las madres de los muchachos que cumplan catorce años. En cuanto a la daga, podéis quedárosla, capitán, que bien os la habéis ganado.

Rápidamente, los soldados cortaron dos ramas largas y gruesas de un árbol cercano, y las cruzaron con otras ramas. Hecha la parihuela, a ella ataron el lobo muerto. Después sujetaron con otra cuerda el artefacto a la silla del caballo más robusto y partieron al galope, levantando una polvareda que convertía el cadáver del lobo descabezado en un fantasma de contornos borrosos.

21
¿Es que acaso tú has dejado de tenerlo?

Cuando la comitiva, con Monroy y Miguel a la cabeza, llegó a media legua de Piedra de los Caballeros, el padre de Rosalba mandó ir al paso. Al ver el enorme lobo, atado a la parihuela arrastrada por un caballo, muchos campesinos se fueron sumando al cortejo, y no fueron pocos quienes, además de los insultos y maldiciones, empezaron a arrojar piedras, palos y otros objetos al cadáver de la bestia, hasta el punto de que Monroy hubo de intervenir para que no lo destrozaran.

Llegaron a la plaza, y allí se expuso el trofeo. Los soldados hicieron callar a la multitud congregada, y la voz de Monroy dominó el aire:

—¡El último lobo que hablaba, la bestia que aterrorizó nuestras tierras, ha muerto! ¡Gloria al capitán Miguel, que la ha vencido!

La muchedumbre, entusiasmada como sólo lo puede estar quien se ha quitado un gran peso de encima, prorrumpió en vítores, y el capitán Miguel se emocionó. Se fijaba, especialmente, en todas las mujeres, en las madres que ya podrían olvidar sus angustias y pesadillas, y veía su amor inquebrantable por sus hijos.

Llegó en ese momento, acompañada por Crispina, Rosalba, casi a la carrera. Miraba con orgullo a Miguel, y con algo más que orgullo: con un amor que ya no se esforzaba por disimular. Benito, al verlas, se coló entre la gente para situarse a su lado.

—¡Ése es mi capitán! —gritó feliz, y como presumiendo.

—Y por los poderes que me ha concedido el Emperador, y en su nombre —la voz de Monroy, potente y firme, se sobreponía a los murmullos y el revuelo que se había apoderado de la plaza—, otorgo al capitán Miguel el título de marqués y el nombre de Lobo Negro... ¡El marqués de Lobo Negro!

Miguel se arrodilló, e inclinó la cabeza. Monroy desenvainó su espada y le golpeó con ella en la espalda.

—Me comprometo a luchar por causas justas, a proteger a los pobres y a perseguir a los malhechores, y ser siempre fiel a nuestro rey Carlos.

Nunca se había visto un marqués tan gallardo bajo los cielos.

—¿Dónde se ha metido el marqués de Hambrán? —preguntó don Julián a su señor—. ¿Ha iniciado otro de sus largos viajes?

—Sí, y algo me dice que nunca volveremos a verle —replicó entre dientes Monroy—. Se ha perdido un marqués, pero se ha ganado otro. A marqués muerto, marqués puesto.

Se irguió el capitán, primer marqués de Lobo Negro, e iba a pronunciar unas palabras, cuando se puso a su lado Rosalba. El cabello lo llevaba en trenzas, recogidas en una redecilla bordada con perlas. Estaba hermosísima, más bella quizá que nunca por la mezcla de temor y esperanza que irradiaban sus ojos. En voz baja, susurró:

—Miguel… ¿Se te agotó el valor? —era la primera vez que le tuteaba—. ¿Fuiste tan valiente como para enfrentarte a esa bestia, y no te atreves ahora a hacer lo que te pide el corazón? ¿O yerro y eres ruirrufián y no ruiseñor?

Miguel tuvo la falsa sensación de que el silencio se había adueñado de toda la plaza, del aire e incluso de los cielos. Dio un paso al frente, y sosteniendo la mirada de Monroy, dijo, con voz alta y clara que todos pudieron oír:

—Señor de Monroy, puesto que me habéis elevado a la condición de noble, ya puedo aspirar a la mano de vuestra hija… Os la pido humildemente. La honraré y la amaré y la protegeré y jamás me separaré de ella.

Don Isidoro vaciló un momento, pero los ojos de su hija disiparon sus dudas.

—Os la concedo.

Unas horas después, en el banquete en el que se celebraba la muerte del último hombre lobo y el nuevo compromiso, Benito reunió valor para arrimarse a Crispina.

—Mi capitán, el marqués de Lobo Negro, también escuchó oyó vuestra voz… Ese lobo felón taimado era el mismísimo Satanás y sabía imitar voces ajenas… Preguntadle, y perdonadme, os lo ruego suplico…

—¡Truhán, apartaos de mí!

—¡Que ahora yo soy igual que vos, que mi amo también es noble de sangre azul!

—¡Que te alejes, engañador, si no quieres probar mis uñas!

Por fortuna para Benito, que ya se disponía a huir con las orejas gachas, acudió en su auxilio el capitán.

—Cierto es, Crispina. El lobo conocía el arte de imitar las voces más variadas, y yo también escuché la vuestra.

Días después de estos hechos, y estando el capitán Miguel almorzando con la familia de Monroy y don Julián en el palacio de extramuros, se excusó y salió al jardín.

Rosalba le siguió.

—¿Qué te ocurre, mi amor?

—Había olvidado algo.

El marqués de Lobo Negro montó en *Ventisquero* y partió sin dar más explicaciones.

Galopó y galopó, y galopó hasta llegar al corral de lobos. Allí languidecía el lobo condenado por el conde de la Espiga a morir de inanición. Los de su especie pueden resistir más de dos semanas sin probar bocado. El agua de las lluvias le había permitido sobrevivir, pero estaba en los huesos, más escuálido que los perros de Hambrán. Miguel se apeó del caballo y sin miedo saltó a la trampa. El lobo, inmóvil, le miraba con los ojos apagados, derrotado. El capitán se aproximó a él, y lentamente acercó su mano a su cabeza, hasta acariciarle la frente, y mientras lo hacía, se acordó de la mansedumbre de aquellos fieros soldados que, exhaustos, se habían dejado degollar por unos sarracenos en una playa africana. Después de acariciar un rato a la pobre fiera, la cargó sobre sus hombros, salió del corral y le devolvió la libertad. El animal se hallaba tan débil que sería incapaz de procurarse alimento por sí mismo. Consumidas sus fuerzas, incluso a salvo de la trampa estaba destinado a morir de hambre. El capitán sacó de las alforjas unos tasajos de carne de venado y se los dio, mientras *Ventisquero* se alejaba unos pasos, inquieto. La bestia, desconfiada, los olisqueó antes de decidirse a calmar su hambre. Empezó a devorarlos, al principio con lentitud y luego con avidez. Cuando terminó, se acercó al capitán, agachó la cabeza y restregó su hocico contra sus piernas, hecho lo cual se marchó caminando lentamente. Pensó el capitán que era, a su modo, un animal noble que nada tenía que ver con Hambrán, y que la mezcla contra natura de hombre y lobo era lo que había producido un monstruo. Quizá haya ganado un amigo para toda la vida, se dijo Miguel, mientras observaba cómo se perdía por el monte, aullando en busca de su manada.

No podía quitarse de la cabeza el capitán las extrañas palabras del Arcángel San Miguel sobre guardar el secreto incluso ante su madre y su hermano. ¿Se había equivocado? ¿Se refería a Benito y a su madre? ¿O tenía sin saberlo un verdadero hermano, y su madre aún vivía?

Cuando, habiendo ya oscurecido, vio a su prometida en el jardín de la villa de Monroy, ella le preguntó:

—¿Dónde fuiste, qué hiciste?

—Algo que alguien tenía que hacer.

—Veo que sigues muy reservado.

—Tú también...

—Yo sé que ese que rechazó mis labios no eras tú.

Aún no le permitía besarla, hasta el día de su boda.

—No —sonrió Miguel—. No era yo.

—Era como un molde tuyo, frío como el hielo. Algún día me dirás quién era.

—Algún día.

—Cuando nos casemos, tal vez.

—Tal vez.

Pero la boda tardaría aún en celebrarse, pues nuevos imprevistos y aventuras les aguardaban. ¿Cómo iban a saber, en ese momento, que el capitán Miguel iba a conocer a Juan el Navegante, y que juntos viajarían a América? Todo iba a complicarse, quizás con la petición de socorro de un soldado del capitán, preso de los franceses...

El padre se calló. Crujió el suelo de madera, con uno de esos secos quejidos que, en el silencio de la noche, contribuyen a alimentar el miedo de los más pequeños.

—¿Ya está?

El cansancio se reflejaba en los ojos de Miguel.

—Sí. Aquí termina la historia. ¿Te ha gustado?

—Bastante. ¿Por qué no ha llegado mamá? Me dijiste que llegaba a las diez, y son las doce.

—Se habrá retrasado el vuelo. Mañana por la mañana la verás.

—Buenas noches, papá.

—Buenas noches, hijo.

Miguel se acostó.

Apenas llevaba su padre un cuarto de hora leyendo cuando sonó el ascensor. La puerta que se abría, y unos pasos que se acercaban. Silencio. Y tras unos segundos, el cerrojo comenzó a descorrerse lentamente. Con un chasquido, se abrió del todo y, como si ese sonido hubiera sido una orden, se levantó y fue a la puerta.

Entró su mujer con la maleta. La abrazó.

—¿Qué tal?

—Bien, pero cansada.

—¿Quieres comer algo?

—Bueno...

Se quitó la chaqueta y los zapatos de tacón.

—¿Mamá? ¡Mamá! ¡Hola!

Ella sonrió y fue al pasillo. Él, mientras, calentó unas sobras y preparó una bandeja con agua, pan y una servilleta.

La llevó al salón. Cuando regresó, su esposa se sentó en una butaca y encendió el televisor.

—Me ha dicho que le has contado una historia muy larga.

—Sí —dijo él—. Tuvo una pesadilla. ¿Te acuerdas de cuando eran pequeños y tenían miedo?

A ella le daba pena que crecieran, y a la vez estaba orgullosa de cómo lo hacían.

Se miraron.

—¿Es que acaso tú has dejado de tenerlo?

Índice